어른을 위한 동화 에세이

동화사색

어른을 위한 동화 에세이

동화
사색

김미진 · 김예원 · 박윤자 · 전지영 지음

정인

동화와 함께 성장합니다.

동화가 필요한 시대, 동화가 필요한 어른

어른들이 동화를 읽기 시작했습니다. 어린이의 전유물로, 어린이에게 재미와 교훈을 주기 위한 책으로 여겨지던 동화가 수준 높은 문학 작품으로 인식되기 시작했습니다. 『어린 왕자』나 『나의 라임오렌지 나무』 같은 외국 동화의 이야기가 아닙니다. 『긴긴밤』 같은 국내 창작 동화의 이야기입니다. 『긴긴밤』은 2021년 어린이용 동화로 출간된 이래, 광명시, 대구시, 대전시, 서산시 등에서 '한 책 읽기'나 '올해의 책'으로 선정되어 많은 성인들에게 읽혔습니다. 또한 '판소리'로 공연되기도 했습니다. 성인들이 동화를 읽고 토론하고, 문화 공연으로 즐기기도 하는 새로운 문화 트렌드가 만들어지고 있습니다. 동화가 성인들에게 매력적으로 다가온 이유는 무엇일까요?

동화가 변했기 때문입니다. 동화(童話)는 흔히 어린이를 대상으로 하여, 동심(童心)을 바탕으로 만들어진 이야기를 말합니다. 1990년대까지, 동화는 주로 어린이를 위한 책으로 여겨졌고, 어른들의 생활 지혜를 어린이에게 전수하기 위한 교육적인 요소를 담고 있는 경우가 많았습니다. 어린이를 위한 유희나 독서의 재미도 고려되었지만, 이때의 동화는 교훈과 교양을 중심으로 한 내용이 주를 이루며, '문학'과 '교육'의 경계에 자리 잡았습니다. 하지만 2000년대에 들어서면서, 동화는 문학적으로 더 발전하며 그 작품성을 한층 강화하기 시작했습니다. 성인에게도 깊은 울림을 주는 새로운 동화들이 속속 출현했습니다. 그 기저에는 어린이 문학과 동화에 대해 깊이 고민하는 작가들의 노력이 있었습니다. 동화 작가들이 새로운 동화의 세계를 만들어 내면서, 동화는 세대를 관통하여 서로 공감 가능한 가치와 재미를 담게 되었습니다.

동화가 성인에게 매력적인 또 다른 이유는, 동화가 변하지 않았기 때문이기도 합니다. 동화의 바탕이 되는 동심(童心)은 '어린이의 마음'이라고 믿고 싶은 '순수하고 따뜻한 마음'을 의미합니다. 21세기 우리 사회의 키워드로 '상처'와 '치유'가 자주 등장합니다. 심리학이나 상담 관련 도서가 꾸준히 판매되고, TV에는 치유를 매개로 하는 프로그램이 무수히 생겨났습니다. 성장 위주의 산업화 정책의 결과로 세대 간 소통은 단절되고 경쟁은 치열해졌으며 각자도생(各自圖生)의 문화가 만들어졌습니다. 급속한 사회 변화와 무한한 경쟁 속에서 현대인은 불안합니다. 인간성을 상실해가고 있으며 시간에 쫓겨 자기 자신을 돌볼 기회를 잃고 있습니다. 동화의 고유한 특성인 짧은 길이, 간단한 줄거리, 가독성과 편의성, 행복한 결말은 쉽고 편안하게 현대인에게 소중한 것이 무엇인지 알려줍니다. 동화 특유의 순수함과 따뜻함이 우리의 마음을 토닥이고 내일을 걸어갈 희망을 줍니다.

인간의 본질을 담아, 거울과 등불처럼 인간의 성장을 돕는 동화

동화는 인간의 본질에 대한 진지한 성찰을 담고 있습니다. 나에 대한 이해, 관계에 대한 깨달음, 사회에 대한 고민 등 삶에서 가장 중요한 문제들을 짧고 쉽게 다루며 독자가 성장해가도록 돕습니다.

동화는 우리를 비추는 맑고 순수한 거울입니다. 동화를 통해 나를 발견하고 이해하게 되는 과정은 다른 문학 장르보다 편안합니다. 동화는 이야기 줄기가 비교적 간단해서 누구나 어렵지 않게 줄거리를 이해할 수 있습니다. 사건 전개가 복잡하지 않아 문학에 익숙하지 않더라도 쉽게 읽을 수 있습니다. 또한 동화가 그리는 세계는 '나'와 '가족'이 중심입니다. 가족은 나의 근원이자 바탕이 되는 세계입니다. 가장 근원적이고 본질적인 세계를 비춰줌으로써 우리에게 정말 소중한 것이 무엇인지 깨닫게 합니다.

동화는 우리의 길을 밝혀주는 은은하고 따뜻한 등불이기도 합니다. 어른은 동화의 세계를 통해 '내면의 나'를 마주하게 됩니다. 상처 받았거나 힘들었던 기억을 바라보고 '현재의 나' 안에 깃들어있는 '어린 나'를 보게 됩니다. 내 안에 숨어있던 나를 알아차리면서 상처받은 내면을 위로하고 마음 근육을 키우게 됩니다. 더불어 동화의 '행복한 결말'은 긴장과 불안 대신 편안함을 제공합니다. 비록 현실은 어둡더라도 동화만은 삶에 대해 긍정하고 또다시 도전할 수 있는 용기와 희망을 줍니다. 동화가 구축한 독특한 세계는 무한한 상상력을 제공하며 선입견에 갇혀 있는 어른들에게 새로운 가능성을 열어줍니다. 동화는 거울처럼 우리를 비추고 등불처럼 앞길을 밝혀주며 어린이뿐만 아니라 아직 자라지 못한 어른까지 성장의 길을 가는 모두를 자라게 합니다.

높은 장벽을 허물고 소통하게 하는 안내자

C.S. 루이스는 말했습니다. "언젠가 당신은 동화를 다시 읽기 시작할 정도로 나이가 들 것이다." 동화는 어린이만의 세계가 아닙니다. 동화는 어른 안의 어린이를 포함하여 전 연령층이 공감 가능한 문학 장르입니다. 어른이 되어 읽는 동화는 어린 시절에 읽는 것과는 또 다른 감동을 선물합니다. 기존의 독서 문화에는 '어린이의 세계'와 '어른의 세계'가 양분화 되어 소통 불능한 높은 장벽이 있었습니다. 어린이와 어른이라는 이분법적인 생각은 서로 간의 격차를 더 크게 벌렸습니다. 어른은 무엇이고, 어린이는 무엇일까요? 혹시 '어른'은 '아직 자라지 못한 어린이'를 품고 있는, 나이가 들었을 뿐 아직도 성장하고 있는 사람들이 아닐까요? 동화는 '어린이와 어른'이라는 이분법적인 세계관을 허뭅니다. 어릴 때는 어린이의 눈높이에서 읽고, 성인이 되어서는 성인의 눈높이에서 읽을 수 있습니다. 시공간을 초월하여 다양한 사유를 일으키는 동화야말로 진정한 고전이 될 수 있습니다. 동화가 세대를 관통하여 대화할 수 있는 새로운 매개체이자 소통의 안내자가 되고 있습니다.

사색(四色)의 사색(思索)

이 책은 독서지도 전문가 네 명의 동화 에세이 모음집입니다. 저희 넷은 동화에서 인간의 본질을 보았으며 마음을 채워주고 함께 성장하게 만드는 힘을 느꼈습니다. 동화가 모두에게 순수한 거울이자 따스한 등불이 될 수 있음을 깨달았습니다. 이 책에 그것을 담고자 했습니다. 2000년대 이후 국내 창작 동화 중에서 아동 문학 평론, 수상 내역, 교과서 수록 내역 및 인지도를 고려하여 작품성이 높은 동화, 성인에게도 감동을 주는 동화를 선정하였습니다. 좋은 동화를 고르고 에세이를 써서 함께 공감하도록 도우며 깊이 있는 사고와 토론이 가능하도록 다양한 질문과 자료를 제시하였습니다. 서로 다른 빛깔의 사색(四色)이 깊이 있는 사유의 사색(思索) 속에 숙성되어 다채로운 맛의 어울림이 생기길 바랐습니다.

감동적인 동화와 진심 어린 에세이가 만나 어린이와 어른의 세계를 아우르는 새로운 소통의 길이 생기기를 기대합니다. 우리의 동화 읽기가 나의 벽, 관계의 벽, 편견의 벽을 녹여내려 새로운 독서 문화를 만들기를 기원합니다. 성장의 과정에 있는 모든 사람들이 자신을 비춰주는 동화를 만나기를, 동화의 순수함과 따뜻함에 위로받고 공감받기를 바랍니다.

2023년 12월
저자 일동

『동화 사색』(思索, 四色)은 어른을 위한 동화에세이입니다. 독서지도 전문가 네 명의 에세이 모음집인데 단순한 에세이라기보다는 상당하게 세밀하게 기획된 책입니다. 한 권의 동화책을 통해 얻을 수 있는 모든 것을 망라하고 있습니다. 그러니 도서 선정부터 아주 엄밀한 시각을 가지고 준비했음을 알 수 있습니다. 인간의 본질을 주고 마음을 채워주며 함께 성장하게 만드는 힘을 주는 동화, 모두에게 순수한 거울이자 따스한 등불이 될 수 있는 동화를 선정하고 있는 점이 아주 믿음직합니다.

이렇게 기획된 책을 한 권씩 무대에 올려 네 단계의 질문을 합니다. 동화탐색질문, 에세이탐색질문, 자아성찰질문, 확장질문이 그것인데 단계별로 동화의 탐색으로 시작하여, 자아의 내면까지를 살필 수 있도록 유도하고 있습니다. 그냥 단순하게 제시된 의미 없는 질문이 아니라 단계별로 심화된 질문이라는데 상당한 의미가 있습니다. 질문을 따라가다보면 아, 이런 부분도 있네. 자신도 모르게 동화를 다시 읽게 되고 생각하게 만들어 준다는 것입니다.

세심한 배려는 여기에서 끝나지 않습니다. 선정도서와 관련된 사색 자료를 제시해서 이 책이 진정한 어른을 위한 에세이임을 알게 해줍니다. 선정도서 외의 그림책, 동화/아동청소년도서는 물론 성인도서와 함께 SF영화나 그림 등의 다른 매체의 자료까지 폭넓게 제시하고 있어 선정도서를 텍스트로 할 경우 아주 효과적으로 지도할 수 있도록 꾸며져 있습니다. 말하자면 꼼꼼하게 기획된 지도지침서로서도 아주 적격인 책인 셈이지요.

　동화(童話)란 흔히 어린이를 위하여 동심(童心)을 바탕으로 만든 이야기이지만 오늘날은 단순한 줄거리에 교훈과 재미를 넘어서 시대를 깊이 고민하는 작가들의 노력으로 새롭고 흥미로운 동화의 세계를 만들어 내면서, 모든 세대를 관통하여 서로 공감 가능한 가치와 재미를 담고 있습니다. 이 책을 통해 동화 특유의 순수함과 따뜻함은 물론 자신의 내면까지를 성찰할 수 있는 좋은 기회를 가져보기 바랍니다. 우리나라 어린이들이 보다 높고, 보다 넓고, 보다 바른 안목을 가진 어린이로 성장할 수 있는데 이 책이 큰 역할을 하리라 믿습니다.

이지엽(경기대학교 국어국문학과 교수·시인)

    작가들의 공통된 꿈 가운데 하나는 어린이와 어른이 함께 읽는 동화를 쓰는 것이고, 독자들의 공통된 바람 가운데 하나는 그런 동화를 아이와 부모가 함께 읽는 것이다. 어린이·청소년 독서지도 전문가 네 사람의 닮은 듯 다른 혹은 다른 듯 닮은 시선과 사색을 담은 『동화사색』은 그 꿈을 향한 길라잡이다. 우리 시대의 대표적인 창작동화 12권을 찬찬히 반추하고 생각하고 질문하면서 연관한 다양한 읽을거리까지 제시하는 이 동화에세이에서 깊이 읽기의 힘을, 그리고 그것이 빚어내는 사유의 확장을 새삼 배우게 된다.

곽효환(한국문학번역원장 · 시인)

감수자 추천사

동화는 본래 어른과 아이가 함께 읽었다.

우리나라의 방정환은 구전되는 전설과 민담을 현상 공모하고 수집하면서 동화의 영역을 개척하였으며, 독일의 그림 형제는 전설, 민요, 민담을 채록하여 '어린이와 가정을 위한 동화(Kinder-und Hausmärchen, 그림동화)'를 펴냈다. 이는 동화가 처음부터 아이들만을 위하여 만들어진 것이 아니라 어른과 아이가 함께 향유하던 것이었음을 뜻한다.

예전부터 지금까지 동화는 아이에게나 어른에게나 가치 있는 문학 텍스트로 존재한다. 어른들이 사는 세상과 아이들이 사는 세상의 본질이 크게 다르지 않기 때문이다. 동화에는 어른, 아이 할 것 없이 함께 살아가는 수많은 사람들의 고민과 지혜, 보편적인 가치와 윤리, 상상력과 소망이 간결한 문체와 상징적인 표현으로 아름답게 수놓아져 있다. 그래서 우리는 동화를 읽으며 깊이 사색하게 되고 결국에는 우리가 사는 세상과 우리 자신을 읽게 된다. 이 책의 내용들도 모두 그러하다.

모쪼록 이 책이 수많은 어른들과 아이들이 동화의 참맛을 느끼고 동화를 즐겨 읽게 되는 마중물 같은 책이 되기를 바란다.

윤신원(경기대학교 국어국문학과 교수)

목차

머리말

1부. 나를 돌보며 마음을 채우고.

2부. 우리 함께 성장합니다.

1부

나를 돌보며 마음을 채우고.

1부는 나와 내 주변 사람들과의 관계에 초점을 맞추어 구성하였습니다.
이 이야기들을 통해 나 자신과 주변을 돌아보며, 현재 삶의 소중함을
다시금 일깨우는 시간이 되길 바랍니다.

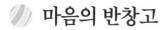 마음의 반창고

- 『한밤중 달빛 식당』,
이분희/윤태규, 비룡소, 2018.
#위안 #치유

"아빠, 엄마는 언제 와?"

연우의 질문에 아빠는 울음을 터뜨리고 말았습니다. 연우는 엄마가 안 보여서 이상하다고 생각합니다.

"엄마는 사고로 죽었어. 작년에……"

아빠가 숨을 헐떡이고 눈물을 쏟아냅니다. 하지만 연우는 믿어지지가 않았고 그렇기에 슬프지도 않았습니다.

연우는 교통사고로 돌아가신 엄마의 죽음이 기억나지 않습니다. 감당하기 힘든 나쁜 기억을 '한밤중 달빛 식당'에 팔았기 때문입니다. 연우는 빈 집에 혼자였습니다. 아빠는 밥상 위에 이천 원을 남겨두고 매일 퇴근 후에 술을 마셨습니다. 어느 날, 연우는 언덕 위에 올라갔다가 '한밤중 달빛 식당'을 만나게 됩니다. 그곳은 한밤중에 나타나서 '나쁜 기억'을 받고 맛있는 음식을 해주는 이상한 식당이었습니다. 연우는 그 식당에서 친구 돈을 훔친 기억과 엄마의 죽음과 관련된 기억을 팔게 됩니다. 고통스럽고 슬픈 기억 없이 연우는 편하게 살 수 있을 거라 생각했습니다. 하지만 친구 관계는 멀어지고 학교에 가기 힘들어지며, 돌아오지 못하는 엄마는 자꾸 기다려집니다.

『한밤중 달빛 식당』은 나쁜 기억이 왜 중요한지, 어떻게 감당해야 하는지 이야기하는 책입니다. 누구나 감당하기 어려운 충격이나 힘든 경험이 있습니다. 부모님의 다툼, 친구 관계의 어려움, 누군가의 죽음, 폭력 등 어릴 적 겪었던 힘든 일들은 시간이 지나면서 희미해지고 사라진 듯 느껴집니다. 하지만 잊었다고 생각한 그 기억은 잠시 가려져 있을 뿐입니다. 힘든 상황을 마주하면 어릴 적 충격이 트라우마처럼 모습을 드러냅니다. 우울증, 불면증, 공황장애, 알콜 중독, 기억 상실 등 마음의 질병은 과거에 상처받은 '어린 나'가 다시 되살아나는 것과 같습니다. 내 안에 상처받은 아이, 혼자 울고 있던 그 아이는 왜 나타나는 것일까요?

기억을 지운 연우의 모습은 잊었던 저의 '어린 나'를 불러냈습니다. 저는 출산 후에 공황 장애를 겪었습니다. 의사 선생님은 제 과거 경험이 성인이 되어 취약해진 상태에서 불안과 공포로 되살아난 것이라고 했습니다. 여덟 살 무렵, 저도 누군가를 잃었던 충격이 있습니다. 아버지 친구네 가족과 저희 가족이 함께 해수욕장으로 여름휴가를 갔다가, 사고로 아버지 친구가 물에 빠져 돌아가셨습니다. 온 가족이 해수욕장에서 밤새 아저씨를 찾아 헤맸지만 끝내 찾을 수 없었습니다. 한순간 가장을 잃은 한 가족과, 술만 마시며 빨간 눈으로 멍하니 있던 아버지가 기억납니다. 저는 아버지마저 잃게 될까봐 겁이 났습니다. 또 다른 죽음이 올까봐 두렵고 위축되었습니다. 연우가 스스로 기억을 지우듯이 저 역시 그 기억을 숨겼습니다. 십여 년이 지나 결혼을 하고 아이가 태어나자 새로운 생명으로 인해 죽음의 공포가 더 커졌던 것일까요? 죽음의 불안은 느닷없이 공황 장애로 제게 모습을 드러냈습니다.

'한밤중 달빛 식당'이라는 환상은 연우 마음에 붙인 '반창고'와 같습니다. 환상은 내면의 상처를 아물게 해주고, 상처가 치유되면 스스로 딛고 나아가도록 해주는 시공간입니다. 죽음과 같은 충격 앞에서 우리는 무력한 존재임을 깨닫고 삶의 의미를 질문하게 됩니다. 내면의 환상, 외면, 회피는 잠시나마 외부의 자극을 차단하고 아픈 마음을 보듬는 시간을 만들어줍니다. '한밤중 달빛 식당'은 연우의 내면에서 만들어진 환상입니다. 그곳에서 연우는 나쁜 기억을 팔아 맛있는 음식으로 허기를 채우며 스스로를 위로합니다. 연우의 아빠 역시 부인을 잃고 수 개월간 술로 지냈습니다. 저의 아버지가 술로 친구를 잃은 슬픔을 위로한 것처럼, 술은 어른들을 환상으로 이끄는 것 같습니다. 어른이나 어린이나 힘든 경험과 슬픈 기억은 감당하기 어렵습니다. 어른은 나이가 더 들었을 뿐 여전히 성장하고 있는 미숙한 존재이니까요.

하지만 환상은 언젠가는 딛고 일어서야 하는 공간입니다. 상처에 반창고를 붙여 치유가 되었다면 시간이 지남에 따라 상처를 살펴보고 반창고를 떼어내기도 해야 합니다. 환상은 일시적인 위안일 뿐, 진정한 치유는 아픔을 직시하는 것에서 시작되기 때문입니다. 연우는 기억을 지움으로 인해 소중한 것들을 잃을 뻔했습니다. 친구와 학교, 아빠뿐만 아니라 자기 자신까지 말입니다. 엄마에 대한 기억이 삭제되면서 엄마가 알려준 삶의 의미와 방향까지 지워졌기 때문입니다.

연우는 마음의 반창고를 떼고 자신의 아픔을 직면합니다. 자신이 여우들에게 판 것이 어떤 것인지, 얼마나 소중한 것인지 깨달은 연우는 다시 식당을 찾아가 기억을 되돌려 받습니다. 유일한 위로의 공간이었던 한밤중 달빛 식당을 만날 수 없게 되더라도, 부끄럽고 힘든 기억이 되살아난다고 하더라도 연우는 용기를 냅니다. 그렇게 연우는 엄마의 마지막 말을 기억해 냅니다. "언제나 네 곁에 엄마가 있다는 걸 기억해." 엄마의 마지막 말은 연우를 살게 하는 말이었습니다. 회피하고 싶었던 기억을 마주하면서, 연우는 엄마의 죽음을 받아들이고 친구 돈을 훔친 잘못을 인정합니다. 아버지와 그간 하지 못했던 대화를 하면서 서로가 서로에게 존재함을, 현실의 소중함을 깨닫게 됩니다.

저는 '괜찮아. 모든 게 잘 되고 있어'라는 환상 속에 살았습니다. 저는 성인이 되어서도 계속해서 제 마음을 외면하곤 했습니다. 직장에서의 따돌림, 반려견의 죽음, 친구의 배신 등 성인으로서 겪은 슬픈 기억도 인정하기보다는 빨리 잊기만을 바랐습니다. 잊어버리면 괜찮을 거라며 아픔을 회피하며 살았습니다. 그러다 불안이 커져 감당치 못할 지경이 되자 문제가 일어난 것입니다. 공황 발작은 두근거림이나 현기증, 손 떨림, 숨 막힘 등의 신체증상으로 죽음을 상기시킵니다. 저는 바깥으로 한 발짝도 나갈 수 없었고, 구멍 난 물풍선처럼 건드려지면 하염없이 울었습니다. 공황의 아픔을 통해 저는 제 환상을 깨고 불안한 내면을 보게 됩니다. 그간 움켜쥐고 있던 '괜찮다는 환상', '아픔을 가려주는 반창고'가 사라지자 현실이 보이기 시작했습니다. 상담 치료를 받으며 내면의 두려워하는 아이를 인정하자 마음이 편해졌습니다. 할 수 있는 것과 할 수 없는 것을 솔직하게 구분하고 힘든 경험을 말로 표현하는 연습을 했습니다. 깨질 듯 위태로운 유리공 같던 제 내면이 점점 부드러워졌습니다.

모든 기억과 감정은 존재의 이유가 있습니다. 각자의 판단에 따라 좋고 나쁜 기억, 긍정적이거나 부정적인 감정이 있을지 몰라도, '틀린 기억'이나 '틀린 감정'은 없습니다. 이 책에서는 부정적인 감정을 일으키는 힘든 경험이나 기억을 '나쁜 기억'이라 일컫습니다. 동시에 '나쁜 기억'도 소중하다고 말합니다. 그것도 나를 존재하게 하는 일부이니까요. 나쁜 기억은 부정적인 감정을 생성합니다. 그로 인해 생겨난 슬픔, 분노, 두려움, 괴로움 등의 감정에 잘 대응하는 사람은 아마 없을 것입니다. 환상을 통해서라도 빨리 벗어나고 싶을 뿐입니다. 나쁜 기억과 감정은 어떻게 다루어야 하는 것일까요?

데이비드 호킨스 박사는 『놓아버림』이라는 책에서 슬픔과 상실을 느끼는 감정을 '비탄'이라 칭합니다.[1] 비탄은 슬픔과 상실뿐 아니라, 쓸쓸함, 후회, 버려진 느낌, 고통, 무력감, 절망, 우울, 낙심, 비관을 포괄하며, 비탄에 빠지면 모든 것이 어렵게 보인다고 합니다. 그러나 그

---

1) 데이비드 호킨스, 『놓아버림』, 판미동, 2013, 103-105쪽.

는 비탄을 야기하는 삶의 위기를 통해, 우리는 보다 인간미 있는 사람이 되며 자신과 타인을 더 받아들이고 이해하게 된다고 말합니다. 위기에서 생기는 감정을 통해 자신을 자각하게 되며 지혜를 얻게 된다고도 말합니다. 그가 제시하는 해결 방법은 단순합니다. 자신의 마음속 감정을 직시하는 것입니다. 감정에 저항하지 않고 받아들이면 비탄은 시한이 있기 때문에 저절로 줄어들어 없어진다고 합니다. 잘 울고 나면 기분이 좋아지듯이 애통해하는 과정이 필요하다는 거예요. 상처에 충분히 눈물 흘리는 시간, 기꺼이 분노하고 고통스럽고 아파하는 시간, 그것이 우리에게 필요한 게 아닐까 싶습니다.

우리는 책을 읽으면서 나와 만나게 됩니다. 『한밤중 달빛 식당』의 연우를 통해 저도 제 안에서 울고 있던 저를 만났습니다. 힘들고 잊고 싶었던 그 기억도 소중한 것이며 저를 구성하는 일부임을, 누구나 살면서 겪는 자연스러운 일임을 알게 됐습니다. 『한밤중 달빛 식당』은 무척 짧은 이야기이지만 가슴속 울림이 큰 책입니다. 힘든 경험과 나쁜 기억, 우리는 어떻게 현실의 상처를 감당해야 할까요? 혹시 '한밤중 달빛 식당' 같은 환상이나, 술, 중독, 회피 등으로 슬픔을 가려서 위로하고 있지는 않나요? 환상이 반창고처럼 위안이 되었다면, 그것이 더 붙어버리기 전에 상처를 돌아보는 시간을 가지면 어떨까요? 동화를 통해 '나도 그랬지', '그때 많이 힘들었지'라는 회상에서부터 조금씩 치유가 시작될 것입니다. 내 안의 나를 만나는 시간을 가지길, 그 과정에서 그동안 붙여놓은 반창고가 스르르 떨어져 상처에 딱지가 지고 아무는 날이 오기를 바랍니다.

① 동화 탐색 질문

• '한밤중 달빛 식당'처럼 환상적인 공간이나 음식으로 상처를 치유하는 이 야기를 본 적이 있나요?

• 왜 작가는 '한밤'과 '달빛', '식당'이라는 소재를 사용했을까요? '밤'과 '달', '음식'의 의미는 무엇일까요?

• '한밤중 달빛 식당'에서 요리를 해주는 동물은 왜 '여우'였을까요? '여우' 라는 동물이 주는 의미를 생각해봅시다.

---

② 에세이 탐색 질문

• 글쓴이처럼 동화를 통해 내 안의 나를 만나고 내 안의 상처가 회복된 경험 이 있나요?

• 글쓴이는 데이비드 호킨스 박사의 『놓아버림』의 예를 들면서, 잘 울고 분 노하고 아파하며 애통해하는 과정이 상처를 치유한다고 말합니다. 고통 스럽고 아파하는 시간이 필요하다는 것에 동의하나요? 더 좋은 방법이 있 을까요?

---

③ 자아성찰 질문

• 연우는 '한밤중 달빛 식당'이라는 환상공간을 통해서, 아빠는 '술'을 통해서 엄마를 잃은 힘든 경험을 위안 받습니다. 나에게도 '한밤중 달빛 식당'처럼 나를 위로해주는 무언가 있나요? 우울하거나 무기력하게 느껴질 때 내가 찾아가는 곳은 어디인가요?

• 들추어내고 싶지 않은 기억이 자꾸만 생각나 괴로웠던 적이 있나요? 그런 기억은 나에게 어떤 의미 혹은 가치가 있을까요?

• '나쁜 기억'도 '소중한 추억'이 될 수 있다고 생각하나요? 어떻게 해야 나쁜 기억을 추억으로 바꿀 수 있을까요?

----

④ 확장 질문

• 연우는 기억을 지우고 마음의 평안을 얻습니다. 반대로, 기억을 되찾고 삶의 의미를 깨닫게 됩니다. 기억은 왜 존재하는 것일까요? 기억은 왜 지속되지 않는 것일까요? 기억이 우리의 삶에 주는 의미를 생각해 봅시다.

• 상처받고 힘들어하는 사람에게 가장 필요한 것은 무엇일까요? 우리는 어떤 도움을 줄 수 있을까요?

• '사회적 트라우마'라고 할 수 있는 사회 공통의 힘든 경험이나 아픈 기억으로는 어떤 것이 있을까요? 우리는 그것을 어떻게 극복할 수 있을까요?

사색 자료

① 그림책

『가만히 들어주었어』, 코리 도어펠드, 신혜은, 북뱅크, 2018. #위안 #치유

상처 받고 고통으로 가득 찬 누군가에게 가장 필요한 것은 무엇일까요? 가만히 귀 기울여 주는 것, 가만히 옆에 있는 주는 것만으로 충분합니다. 읽는 것만으로도 상처 받은 마음이 치유되는 힘이 있는 책입니다.

『빨간 나무』, 숀 탠, 김경연, 풀빛, 2019. #위안 #치유 #희망

모든 것이 절망적으로 느껴지는 날에도 우리 곁에는 희망이 숨어 있습니다. 우울한 그림 속에 숨어 있는 빨간 나뭇잎을 찾아보세요. 어느새 내 안의 우울과 절망을 위로 받고 희망을 마주하게 됩니다.

『까치가 물고 간 할머니의 기억』, 상드라 푸아로 셰리프, 문지영, 한겨레아이들, 2015. #기억 #사랑 #위안

할아버지는 치매로 기억을 잃어가는 할머니를 위해 선물을 준비합니다. 생(生)과 사(死)의 경계에 선 노부부가 소중한 추억을 잊지 않기 위해 노력하는 모습에서, 사랑과 기억 사이의 관계에 대해 생각하게 됩니다. 어른들에게 큰 여운을 남기는 그림책입니다.

② 동화 / 아동청소년 도서

『분홍문의 기적』, 강정연/김정은, 비룡소, 2016. #동화 #치유 #가족

엄마의 죽음에 온가족의 삶은 엉망진창이 됩니다. 하지만 기적처럼 엄지공주의 모습으로 엄마가 돌아옵니다. 엄마는 왜 돌아온 걸까요? 다시 주어진 엄마와의 72시간으

로 가족들은 사랑이 무엇인지 삶은 어떤 것인지 깨닫게 됩니다.

『꽝 없는 뽑기 기계』, 곽유진/차상미, 비룡소, 2020. #동화 #환상 #치유

희수는 교통사고로 부모를 잃고 실어증을 앓습니다. 어느 날 희수 앞에 뽑기 기계가 나타나고, 희수는 '뽑기'라는 환상을 통해 슬픔을 딛고 점차 마음을 치유하게 됩니다. 절제된 글과 따스한 그림으로 인해 읽는 이까지 따뜻한 위로를 받게 되는 책입니다.

『구미호 식당』, 박현숙, 특별한서재, 2018. #청소년소설 #치유 #음식 #환상

저승으로 가기 전 사십구일의 시간을 허락받은 호텔 셰프 아저씨와 도영. 그들은 구미호 식당에서 음식을 팔면서 자신의 삶과 죽음에 관련된 진실을 찾아 나섭니다. 맛있는 음식에 사랑을 담아 상처를 치유하고 관계를 회복하는 두 사람. 예전에는 미처 몰랐지만 이제는 깨닫게 됩니다. 사랑받고 있었다는 것을요.

『기억 전달자』 로이스 로리, 장은수, 비룡소, 2007. #청소년소설 #기억 #감정 #용기

뉴베리 작품상을 탄 책으로, SF영화 <더 기버: 기억 전달자>(필립 노이스, 2014)의 원작입니다. 이 책은 나쁜 기억과 부정적인 감정이 왜 필요한지 이야기합니다. 감각과 감정은 인간을 기계와 구분 짓는 인간 고유의 것이라 말합니다.

③ 성인 도서

『30년 만의 휴식』, 이무석, 비전과리더십, 2006. #심리학 #치유

정신의학자 이무석의 책으로, 자신의 내면세계를 이해하는 일은 자신을 자유롭게 하고 성장시키는 과정이라고 말합니다. 나를 구성하고 있는 여러 내면 아이를 만남으로써 삶이 편안해질 수 있다며, 건강한 자아와 편안한 관계를 만드는 방법을 알려줍니다.

『죽음의 수용소에서』, 빅터 프랭클, 이시형, 청아출판사, 2020. #심리학 #치유 #의미

정신의학자 빅터 프랭클의 자전적 에세이로, 인간다움이란 무엇인지, 삶의 의미란 무엇인지에 대해 이야기하는 책입니다. 빅터 프랭클은 나치 강제 수용소에서 겪은 고통을 바탕으로, 인간이 어떻게 고난을 극복하고 삶을 살아가야 하는지 그 방향을 제시합니다. 로고테라피(Logotherapy), 바로 '삶의 의미'를 찾는 것에서부터 치유가 시작된다고 말합니다.

④ 기타 매체

<컨택트Arrival>, 드니 빌뇌브, 2016. #영화 #기억 #선택 #용기

테드 창의 중편 소설 <네 인생의 이야기>를 원작으로 삼은 SF영화입니다. 외계의 언어를 배우는 과정에서 주인공은 미래를 보게 됩니다. 미래를 보여주며 영화는 묻습니다. 미래에 다가올 고통과 상처를 미리 알게 된다면, 현재의 나는 어떤 선택을 하겠습니까? 내 삶에서 가장 소중한 사람이 미래에 죽는다면, 나는 그 예정된 고통을 알면서도 기꺼이 그 삶을 살겠습니까? 사랑과 고통 사이에서 나에게 가장 소중한 것이 무엇인지 생각하게 만드는 영화입니다.

구스타프 클림트 <늪>, 마리 크뢰이어 <하얀 옷을 입은 해변의 여인>
#그림 #치유

구스타프 클림트의 '늪'이나 마리 크뢰이어의 '하얀 옷을 입은 해변의 여인'처럼 우울하고 슬픈 느낌의 그림을 감상하는 것은 슬픈 감정을 극복하고 차분한 마음을 갖게 해준다고 합니다. 두 그림을 보고 드는 느낌을 이야기해봅시다.

나의 바다에 잠수하는 시간

- 『나는 진짜 나일까』, 최유정,
　푸른책들, 2009.
　#자기이해

　"엄마, 난 왜 살아야 돼? 나 살기 싫어. 너무 힘들어." 3월 중순쯤, 갓 초등학교 3학년이 된 딸이 울면서 말했습니다. 그때의 당황스러움이 지금도 생생히 기억납니다. 아이의 이야기를 들어보니 학기 초 학교 생활에 적응하기 힘들다는 말이었습니다. '학교 다니기 힘들다'는 투정이 머릿속에 있는 고민인 '나는 왜 사는 걸까?'와 만나서 '왜 사는지도 모르겠고 힘들고 살기 싫다'로 이어진 것이었습니다. 그러나 단순히 학교 적응이 힘들다는 투정은 아니었습니다. 아이는 '왜 사는 것일까?'라는 질문이 자꾸 머릿속을 맴돈다며 자기가 이상해진 것 같다고 했습니다. 곰곰 생각해보니 삶에 대한 질문은 늘 제 머릿속에 있던 고민이었습니다. 나란 존재에 대한 고민, 나의 근원에 대한 고민, 삶의 이유에 대한 고민이 늘 저와 함께 했습니다. 딸과 저는 비슷한 고민을 가진 사람이었습니다.

왜 사는지, 나는 누구인지에 대한 질문은 마치 망망대해에 홀로 서있는 것 같은 느낌을 줍니다. 거대한 바다에서 무엇인지 본 적도 없고 어떻게 찾는지도 모르는 무언가를 찾아 헤매는 것처럼 막연합니다. 하지만 낯설고 엉뚱한 이 질문은 누군가에게는 무척 중요한 질문입니다. 제 딸이 왜 사는지 모르기 때문에 삶이 혼란스럽고 살기 싫다고 생각한 것처럼, 저도 늘 그 문제가 고민이었고 답을 찾아야만 살 수 있을 것 같았습니다. 사춘기 시절에는 왜 공부해야 하는지 물었고, 대학생이 되어서는 무얼 해야 좋을지 물었습니다. 회사를 다닐 때에는 나에게 맞는 일인지 되묻고, 엄마가 되자 나의 역할은 무엇인지 물었습니다. 거친 바다 앞에서 답을 찾느라 방황하는 과정이 곧 제 삶이었습니다.

철학에서 가장 많이 다루는 질문 세 가지가 '나는 누구인가?'라는 존재에 대한 질문과 '나는 왜 사는가?'라는 인식론적 질문, '어떻게 살아야 하는가?'라는 윤리적인 질문입니다. 예수의 사랑, 공자의 인(仁), 부처의 자비(慈悲) 등 종교 경전이나 성인들의 말씀을 보면 수천 년 동안 인간은 이러한 질문들에 답을 찾아온 것 같습니다. 관념적이고 공허해 보이는 이런 질문들은 인간이기에 하는 것이며 인간이기에 필요한 것입니다. 인간의 삶이란 이렇게 존재에 대한 궁금함과 삶에 대한 의문을 해소해나가는 과정이라 생각됩니다. 존재와 인생에 특정한 의미를 부여하는 것으로 삶에 대한 자세가 달라질 테니 말입니다.

존재의 이유, 삶의 의미와 방향은 대부분의 책이 담고 있는 근본 주제입니다. 특히 동화는 이러한 어려운 질문에 쉽게 다가서게 해주는 매력이 있습니다. 『나는 진짜 나일까』는 제목에서부터 존재에 대한 질문으로 이루어져 있습니다. 제목이 철학적이라 선뜻 손이 가지는 않지만, 내용은 흥미로워 읽기 시작하면 눈을 뗄 수 없는 책입니다. 이 책은 열세 살짜리 건주와 시우, 은찬이의 갈등을 보여주며 성장의 아픔에 대해 말합니다. 어린이들의 충돌과 혼란 뒤에 어른들이 아파하는 모습 역시 섬세하게 그려져 있습니다. 관계의 갈등 속에서 인물들은 자기 자신에 대해 묻습니다. 다들 왜 내가 잘못했다고 말하지? 나는 왜 친구가 없지? 나는 진짜 나일까? 제 딸이 했던 질문들을 책 속 친구들이 하고 있었습니다.

　건주네, 시우네, 은찬이네 가족은 모두 갈등을 겪고 있습니다. 세 가족의 혼란은 가족관계 뿐만 아니라 친구 관계 및 학교생활까지 힘들게 합니다. 건주의 아버지는 아내와 건주에게 폭력을 휘두릅니다. 술을 마실 때면 아무도 자신을 인정해주지 않는다며 억울함을 힘으로 쏟아냅니다. 건주의 어머니는 자신의 아들을 이혼 가정에서 자라게 하고 싶지 않다며 남편의 폭력을 견뎌냅니다. 온몸의 멍을 숨기려고 집에서 한 발짝도 나가지 않고 무기력한 일상을 보냅니다. 건주는 아버지가 무서워 방에서 혼자 웁니다. 그리고 학교에서는 친구들에게 폭력으로 불안감을 표출합니다. 시우의 어머니는 아들에게 끊임없이 요구합니다. 성적은 좋아야 하고 유능한 친구를 사귀어야 합니다. 시우가 따라오지 못하면 어머니는 "너는 왜 그런 것도 못하니"하며 냉정하게 대합니다. 시우는 가정에서도 친구 관계에서도 늘 자신감이 없습니다. 은찬이 어머니는 학교 학부모회에서 적극적으로 활동하며 은찬이가 원하는 것은 무엇이든 하게 해줍니다. 은찬이는 그런 어머니를 믿고 친구들에게 권력을 휘두릅니다. 친구들 사이를 이간질하고 건주를 왕따 시킵니다. 시우와 친해지고 싶지만 표현 못하고 주먹만 휘두르는 건주, 어머니 때문에 은찬이와 어울리는 시우, 어른들을 믿고 건주를 왕따 시키는 은찬이, 세 친구의 갈등 뒤에는 세 가정이 얽혀 있습니다. 엉켜버린 관계는 무엇을 말하고 있는 것일까요?

작가는 혼란과 아픔의 원인으로 '자기이해'를 말합니다. 친구관계나 학교생활은 겉으로 드러나는 자아의 한 영역이며, 세 친구의 갈등은 자기이해와 자아정체성 확립의 내적 과정이라 말합니다. 작가는 관계 속에서 힘들어하는 인물들 뒤에서 줄곧 묻습니다. 당신은 누구인가요? 어떤 사람인가요? 혹시 자신을 찾아가기를 멈춘 것은 아닌가요? 이 책은 이런 질문들을 하면서, 읽는 우리에게 지금 힘들어도 잘하고 있다고 힘내라고 응원하는 듯한 인상을 줍니다.

작가의 독려는 '상담선생님'에게서 잘 드러납니다. 상담선생님은 힘들어하는 이들에게 손을 내미는 유일한 사람이었습니다. 건주 내면의 분노를 알아차리고 건주를 있는 그대로 받아들이는 존재였습니다. 상담선생님과 함께 낙서를 하고 진흙을 가지고 놀면서 건주는 스스로를 위로하고 시우는 자기 의견을 말할 용기를 냅니다. 건주 어머니도 상담선생님과의 만남 이후에 용기를 냅니다. 남편에게 맞지 않기 위해 집밖으로 나가 치료를 받습니다. 상담선생님은 상대방을 비춰주는 맑은 거울이었습니다. 편견 없이 있는 그대로 비춰주는 상담선생님을 통해 주변 사람들은 스스로를 이해하고 자신감을 얻게 됩니다. 그들이 진정한 자아를 만나게 되자 관계의 갈등 역시 사르르 녹아 버립니다.

　관계는 내면의 자아를 보게 해주는 거울과도 같습니다. 우리는 집단 속에서 살아가는 존재이기에 타인을 통해 자기를 비추어 봅니다. 『나는 진짜 나일까』에서 그리는 여러 관계는 때로는 거칠게 때로는 친절하게 주인공이 자기를 이해하도록 이끕니다. 건주는 아버지와 갈등을 겪으며 자신에 대해 질문하기 시작하고, 상담선생님을 통해 자신의 마음을 조금씩 알아차리게 됩니다. 작가는 자기에게 가까이 갈 수 있도록 여러 관계와 갈등을 그려놓았고, 그중에 상담선생님 같은 인물은 직접적인 도움을 주기에 더 감동적으로 느껴집니다. 그러나 관계는 책 속에만 있지 않습니다. 우리 삶에도 존재하고, 우리가 책과 하는 대화 역시 나를 성찰하게 하는 관계가 됩니다.

　『나는 진짜 나일까』와 대화하는 내내 저는 눈물을 흘렸습니다. 건주와 시우의 모습은 저의 서툴고 어리숙한 내면을, 건주 엄마와 시우 엄마는 상대에게 무심한 저의 모습을 바라보게 했기 때문입니다. 건주와 시우처럼 저도 제 마음을 잘 알지 못하고 좋아하는 마음도 잘 표현하지 못합니다. 저는 갈등이 생기면 혼란스러워 하다가 사흘쯤 지나서야 제 마음을 알아차리곤 합니다. 상대는 저를 이해하지 못하다가 멀어지곤 하지요. 저는 상대방의 마음을 읽는 것에도 둔합니다. 학창 시절, 친구의 마음 알아차리기는 공부보다 더 힘들었습니다. 성인이 되어서도 마찬가지였습니다. 건주 엄마처럼 나의 내면에 갇혀 상대를 배려하지 못할 때가 많고, 시우 엄마처럼 내 기준대로 아이들을 몰아세우곤 합니다. 어리숙하고 외면하고 소통 불가능한 인물들은 저를 가리키는 것만 같습니다. 저는 왜 이러는 것일까요? 이게 진짜 저일까요? 더 나아가 상담선생님을 보면서는, 제게 상담선생님 같은 사람은 누구인지, 저는 아이들에게 어떤 모습인지를 묻게 되었습니다. 성인이 되었으니 상담선생님처럼 어른스러워야하지 않나 하는 자책도 듭니다. 저는 상대를 비춰주는 맑은 거울이라기보다 파도가 거칠게 치는 바다에 가까우니까요.

"엄마, 나 친구랑 싸워서 힘들었어. 죽고 싶었어. 그런데 문자로 사과했더니 다시 괜찮아졌어. 나한텐 친구들이 중요한 것 같아." 왜 사는지를 고민하던 저의 딸은 건주나 시우처럼 친구와의 갈등을 통해 자신의 자아를 찾아가고 있었습니다. 갈등, 혼란, 불편함 등은 모두 나를 알기 위한 과정인 듯 보입니다. 저는 책을 통해, 딸은 친구를 통해 각자 마음의 바다를 보고 있는 것 같습니다. 대인관계에 서툰 저는 당분간 책과의 대화를 통해 천천히 저를 바라보려고 합니다. 이제라도 내면을 보는 시간을 통해 저에 대해 조금은 더 이해할 수 있지 않을까 싶습니다. 관계에서의 상처, 독서에서의 울림이 있다면 그것이 나에게 무엇을 말하고 있는지 찬찬히 살펴보면 어떨까요. '나'라는 자아는 넓고 깊은 바다와도 같습니다. 표층의 파도만 보아서는 진정한 나를 만나기 어려울지 모릅니다. 나를 이해하기 위해 내면의 바다 깊숙이 잠수해보면 어떨까요. 무한한 바다 같은 나의 내면과 잠시라도 만나는 기회가 생기길 기원합니다.

① 동화 탐색 질문

• 책 속 인물 중에서 나를 가장 생각하게 만드는 인물은 누구였나요? 표현을 잘 못하고 주먹을 휘두르는 건주, 어머니의 말을 무조건 따르는 시우, 반장의 권력을 휘두르며 친구를 왕따 시키는 은찬이, 상담선생님과 담임선생님 등 인상 깊었던 인물에 대해 이야기해봅시다.

• 상담선생님은 건주와 시우에게 올바른 자아상을 비춰주는 어른으로 등장합니다. 상담선생님과 같은 인물에 대해서 어떻게 생각하나요? 올바른 어른 상의 제시로 감동적이었나요, 아니면 너무 이상적이라고 생각했나요?

----

② 에세이 탐색 질문

• 글쓴이는 '나는 왜 사는 것일까?'라는 고민을 계속해서 한다고 말합니다. 나도 평소에 내 머릿속에 끊임없이 떠오르는 질문이 있나요?

• 글쓴이는 '거친 바다 앞에서 답을 찾느라 방황하는 과정'이 자기 삶이었다고 합니다. 나의 삶은 무엇이라 정의할 수 있을까요?

----

③ 자아성찰 질문

- '내가 그때 왜 그랬지? 내도 내 맘을 잘 모르겠어.' 이런 비슷한 생각을 한 적이 있나요? 내가 했던 말이나 태도, 자신의 감정이나 생각을 이해하기 어려워 고민했던 기억을 떠올려 봅시다.

- 나의 자기이해의 과정은 주로 어떻게 이루어지나요? 관계 속 갈등이었나요? 마음의 불편함이 있었나요? 신체적인 증상이 있었나요?

- 나의 성장 과정에서 나를 바라보게 해주던 사람이 있었나요? 어떤 사람과 함께 할 때 혹은 어떤 관계나 책 속에서 나의 모습을 이해하게 되었나요?

- 자기 스스로를 이해하고 성찰하기 위해 나 자신에게 가장 필요한 덕목(지혜, 노력, 수용, 알아차림 등)은 무엇일까요?

---

④ 확장 질문

- 상담선생님이 건주와 시우를 도와준 것처럼, 나도 누군가에게 영향을 끼치고 있을까요? 나는 그 사람에게 어떤 영향을 주고 있나요?

- 우리 사회는 어떠한 방법으로 '자기이해', 스스로에 대해 이해할 수 있는 기회를 제공하고 있나요? 자아성찰을 도와주는 컨설팅 프로그램이나 직업, 복지단체, 매체들에는 어떤 것이 있을까요?

사색 자료

① 그림책

『파랗고 빨갛고 투명한 나』, 황성혜, 달그림, 2019. #자기이해

우리는 모두 작은 동그라미였지만, 푸르른 꿈과 빨간 열정, 투명한 상상, 날카로운 어둠을 만나 저마다의 색깔과 무늬를 갖게 됩니다. 나를 구성하는 것들에 대해 생각하게 만드는 그림책입니다.

『이게 정말 나일까?』, 요시타케 신스케, 김소연, 주니어김영사, 2015. #자기이해

'나란 무엇일까?'라는 철학적인 질문에 재미있는 그림으로 쉽게 생각하도록 도와주는 책입니다. 자기를 소개하거나 나를 알아갈 때 이 책이 제시하는 사고의 과정과 방법을 활용하면 좋습니다.

『100만 번 산 고양이』, 사노 요코, 김난주, 비룡소, 2016. #자기이해 #사랑

반복되는 삶과 죽음을 통해, 자신의 참 모습을 찾아가는 고양이의 이야기입니다. 고양이가 겪는 자기이해의 여정을 함께 하면서 진정 나다운 삶은 어떤 것일지 성찰하기 좋은 그림책입니다.

② 동화 / 아동청소년 도서

『수일이와 수일이』, 김우경/권사우, 우리교육, 2001. #동화 #자기이해

나와 똑같이 생긴 사람이 나타난다면 나는 어떻게 할까요? 수일이는 쥐에게 손톱을 먹여 똑같은 나를 만들어냅니다. 둘이 된 수일이, 수일이는 어떻게 자기가 진짜임을 증명해야 할까요? '나'를 규정짓는 특성에 대해 생각해보게 되는 동시에 열린 결말로

상상력을 자극하는 책입니다.

『내 주머니 속의 괴물』, 그라시엘라 몬테스/최정인, 배상희, 푸른숲주니어,
2007. #동화 #자기이해 #괴물

어느 날 이네스는 자신의 주머니에서 괴물을 발견합니다. 괴물은 소심한 이네스의
분노와 외로움을 대신 풀어줍니다. 괴물 같은 자신의 모습을 만나는 경험을 통해 이
네스는 스스로에게 한 발 더 가까이 다가갑니다.

『페인트』, 이희영, 창비, 2019. #청소년소설 #자기이해 #가족

내가 부모를 선택할 수 있다면 어떤 부모를 원할까요? 양육 센터에서 사는 아이들이
부모를 선택하여 새로운 삶을 찾아나가는 과정을 그리는 책입니다. 내가 원하는 것
을 질문하고 찾아가는 과정 속에서 나란 존재는 무엇인지, 가족이란 무엇인지 생각
하게 됩니다.

『생각한다는 것』, 고병권, 너머학교, 2010. #철학입문 #철학적사고

삶의 본질, 행복, 자유, 우정 등을 다루며 철학적인 성찰이란 무엇인지 이야기하는 책
입니다. 작가의 경험, 사회적 사건, 철학자의 일화와 이론까지 자유롭게 넘나드는 청
소년 철학 입문서입니다.

③ 성인 도서

『나는 왜 너가 아니고 나인가』, 류시화, 김영사, 2003. #에세이 #인간이해

인디언 추장들의 연설 모음집으로, 그들 고유의 정체성과 주체적 삶을 위해 고군분
투한 역사를 담고 있는 책입니다. 인디언들의 삶과 문화, 그들이 지키고자 애썼던 것
들을 보면서 우리 삶과 사회의 가치들을 생각해보게 됩니다.

『마틴 셀리그만의 긍정 심리학』, 마틴 셀리그만, 물푸레, 2014. #심리학 #자기이해

진정한 행복은 긍정적인 정서에서 비롯된다고 말하는 책입니다. 나만의 강점을 파악하여 잠재된 미덕을 실천해가면 삶이 변화합니다. 나만의 강점과 미덕을 찾는 테스트를 통해 나에 대한 이해를 높이고 행복한 삶으로 한 발짝 다가갈 수 있습니다.

④ 기타 매체

<페넬로피>, 마크 팔란스키, 2008. #영화 #자기이해

본인 스스로를 괴물이라 여길 정도로 자존감을 상실한 주인공이 변화하는 과정을 그리는 영화입니다. 자신의 모습을 '있는 그대로' 이해하고 긍정적으로 받아들이며 내적 성숙을 이루어내는 모습을 코믹하고 로맨틱하게 그려냅니다.

빈센트 반 고흐 <자화상>, 윤동주 <자화상>, 이상 <거울> #그림 #시 #자기이해

빈센트 반 고흐의 그림 '자화상', 윤동주의 시 '자화상', 이상의 시 '거울' 등을 보고, 예술가들은 스스로를 어떻게 생각하고 표현했는지 생각해봅니다.

혀의 향기

- 「혀를 사왔지」,『돌 씹어 먹는 아이』,
송미경, 문학동네, 2014.
#자기표현 #소통

　'무엇이든 구할 수 있는 시장'에 간다면 무엇을 사게 될까요? '시원'이는 '무엇이든 시장'에서 '혀'를 사 왔습니다. 얇고 가늘고 긴 혀는 시원이가 평소에 하지 못했던 말을 마음껏 내뱉어 줍니다. 빵집 아저씨에게는 어제 만든 빵을 자꾸 자기에게만 팔지 말라고 따졌습니다. 매번 시비를 거는 효성이에게는 더 이상 참지 않겠다고 말했습니다. 그동안 해준 심부름이나 치사한 짓, 발로 차거나 때린 일 모두 기록해놓았으니 부모님께 다 이르겠다고 협박했습니다. 집에 돌아와서는 엄마에게 반찬이 형편없어서 안 먹겠다고, 그리고 어릴 때 엄마 성적도 형편없지 않았냐며 또박또박 대들었습니다. 평소에는 전혀 시원하지 못했던 시원이는 새 혀를 통해서 비로소 시원한 기분을 느꼈습니다.

혀를 사서 붙이고 그 혀를 통해 평소에 하지 못한 말을 한다는 과감한 발상은 다소 충격적입니다. 송미경 작가의 『돌 씹어 먹는 아이』에는 이렇게 독특하고 개성 있는 일곱 가지 이야기가 들어 있습니다. 이 책은 현실과 비현실을 기묘하게 섞으면서 재미난 상상의 세계로 독자를 안내하고 충격과 묘한 여운을 남겨 더 깊이 생각하도록 이끕니다. 그러면서도 작가는 어린이의 입장에서 그들을 이해하고 지지합니다. 새 혀로 실컷 자신의 마음을 표출한 시원이에게는 어떠한 문제도 발생하지 않습니다. 단지 마음을 허심탄회하게 표현할 기회를 가졌을 뿐입니다. 이 책이 꾸준히 사랑받는 이유는 이 책이 주는 색다른 상상력과 더불어 작가의 따뜻한 위로 때문일 것입니다.

'혀'는 어떤 존재일까요? 작가는 '혀'를 빌어 '자기표현'에 대해 말합니다. 혀를 빌리는 상상만으로 답답했던 마음이 시원하게 뚫립니다. 자기표현을 못하는 아이에게 책에서나마 표현할 기회를 주기 때문입니다. 이 책은 제 어린 시절을 상기시킵니다. 저는 자기표현을 잘 하지 못하는 아이였습니다. 학교에서는 선생님 말씀을 잘 들어야 하고, 어른에게 지적받는 행동은 하지 않아야 한다고 생각했습니다. '착한아이 컴플렉스'에 갇혀 있었던 것 같습니다. 어른에게 순종해야 하기에, 반대 의견을 표현하거나 솔직한 마음을 표출하는 것은 어려웠습니다. 시원이는 그런 제 모습과 닮았습니다.

한 번은 미술 시간에 자기 마음을 그림으로 표현하는 활동을 했습니다. 저는 분홍색과 노란색 위주의 밝은 파스텔 색상으로 화사한 얼굴을 그렸습니다. 미술 선생님은 색깔 사용이 너무 한 쪽으로 치우쳤다고 제게 B를 주셨습니다. 저는 그런 평가에 순응했는데, 제 친구가 선생님께 대신 이의를 제기했습니다. "선생님, 자기 마음속의 밝음을 표현하려고 했다면 그런 색깔 사용은 자연스러운 게 아닌가요?" 그러자 선생님은 친구의 문제 제기가 옳다고 하시면서 제 점수를 A로 고쳐주셨습니다. 그때 깨달았습니다. 표현하지 않으면 누구도 제 생각을 이해하지 못한다는 것을요. 그리고 생각을 조리 있게 이야기하면 선생님도 납득시킬 수 있다는 것을 말입니다. 하지만 그 후로도 저는 마음을 표현할 용기를 잘 내지 못했습니다. 매번 무엇을 어떻게 말해야 하는지 잘 모르겠습니다. 머릿속은 하얘지고 손발은 떨리며 혀는 굳어버렸습니다. 시원이처럼 저에게도 날쌘 혀가 있었다면 좋았을 텐데 말입니다.

그러고 보니 어린 시절 저에게 '혀'는 일기장이었습니다. 일기장에 혼자만의 마음을 써내려가면서 억눌렸거나 힘들었던 마음을 치유했습니다. 작가들에게도 이야기 창작이나 혼자만의 상상이 또 다른 '혀'가 아닐까 싶습니다. 하지만 일기장은 '표현한다'는 의미보다 마음을 '털어놓는' 공간의 의미가 컸습니다. 그렇게 제 마음은 위로가 되었지만 여전히 누군가에게 마음을 '표현하는' 것은 어려웠습니다. 무슨 말을 어떻게 해야 할지 늘 속으로 고민했습니다. 말을 잘 못하는 시원이의 모습은 제 어린 시절뿐만 아니라 성인이 된 제게도 그대로 남아 있습니다. 학교를 다니면서 침묵했던 경험은 회사를 다니면서도 이어졌습니다. 많은 업무가 벅찼지만 상사에게 힘들다는 말을 하지 못했습니다. 혼자 끙끙대며 야근을 해야 했습니다. 왜 제게는 유창한 혀가 없었던 것일까요?

뒤늦게 저도 '무엇이든 시장'에서 '혀'를 만나게 됩니다. 제 '혀'가 되어준 것은 마셜 로젠버그의 『비폭력 대화』라는 책이었으니[2], 제게 '무엇이든 시장'은 독서였습니다. 제가 표현법과 대화법을 익히기 시작한 것은 둘째 아이가 다섯 살 될 무렵이었습니다. 둘째는 자주 떼를 쓰며 울었습니다. 그럴 때마다 저는 당황하고 화가 났습니다. 아이는 무슨 말을 하고 싶었던 것일까요? 사랑하는 아이와 의사소통이 되지 않는 일은 무척 갑갑했습니다. 아이의 언어는 제 언어와 너무나 달랐기에 외계어처럼 느껴졌습니다. 『비폭력 대화』를 통해 비로소 대화에는 연습과 노력이 필요함을 깨닫고, 서른 중반이 되어서야 굳어있던 혀를 푸는 훈련을 시작하게 됩니다.

『비폭력 대화』는 제게 자기표현의 방법을 넘어 진정한 소통에 눈뜨게 해주었습니다. 많은 경우에 대화는 상대를 비판하거나 비난하는 말로 가득합니다. 자기표현은 가능하지만 건강한 소통이 되지는 않습니다. 입은 열리지만 마음이 닫히는 상태가 만들어집니다. 시원이가 시장에서 얻은 혀는 폭력적인 언어로 평소에 쌓인 불만을 표출했습니다. 그렇기에 시원이의 마음은 개운해졌지만 상대방들은 당황스러웠고 상처를 받았습니다. 시원이가 혀를 다시 시장에 되파는 이유도 그러한 대화가 일회성임을 깨달았기 때문일 것입니다. 일방적이고 폭력적인 대화는 오래 지속되지 않습니다. 한 번의 상상에 그칠 뿐입니다. 시원이가 적절한 표현법을 알고 있었다면 그런 혀를 살 필요가 없었을지도 모릅니다. 자기표현도 중요하지만 그보다 더 중요한 건 소통이

---

2) 마셜 B. 로젠버그, 『비폭력 대화』, 한국NVC센터, 2016.

었습니다.

부단한 연습으로 아이와의 대화는 조금씩 나아졌습니다. "도대체 왜 울어?" 하며 다그치던 제가 "네가 우니까 엄마가 너무 힘들어"라며 제 마음을 표현했습니다. 더 나아가 "연서가 화가 났구나. 속상했겠다. 엄마가 연서의 마음을 존중해주길 바랐던 거야?"로 바뀌자, 아이가 울음을 그치고 속마음을 말하기 시작했습니다. 비난의 말을 줄이고 감정을 솔직하게 표현하며 상대의 욕구를 읽어주는 작업이었습니다. 대화의 중심을 '나'에서 '우리'로 확장시키는 일이었습니다. 무엇보다 상대의 마음을 읽으려는 '노력'이 소통의 문을 열어 주었습니다. 덕분에 이제 열한 살이 된 둘째는 저와 마음을 나누는 돈독한 대화 상대가 되었습니다. 산책할 때마다 서로의 생각이나 힘든 일을 나누곤 합니다.

일상의 언어는 나이가 들면서 혹은 사회의 흐름에 따라 변하기도 합니다. 영아기에는 울음이 표현 방식이었다면, 유아기에는 떼쓰기가, 사춘기에는 문을 쾅 닫는 것이 소통 방법일지도 모릅니다. 시원이의 '새 혀' 역시 그 시기 아이들의 뾰족한 언어로 보입니다. 어른들의 대화는 어떨까요? 요즘 들어 '사이다' 발언이 주목받고 무례한 사람들에게 대처하는 방법이나 자신의 감정을 표현하는 책들이 인기를 끄는 것을 보면, 다들 자기표현에 용기를 내는 듯 보입니다. 다들 '무엇이든 시장'에서 잘 굴러가는 혀를 사왔나 봅니다. 다만 온라인 댓글을 볼 때면 우리 사회의 혀들이 너무나 거칠어 서로를 아프게 만든다는 생각이 듭니다. 날카로운 표현들이 깨진 유리조각처럼 서로의 마음을 다치게 만듭니다. 자기표현은 하지만 소통을 하는 것 같지는 않습니다.

혀를 훈련한지 5년이 지났습니다. 대화법을 익힌 후 제 소통 방식은 많이 나아졌지만 여전히 많은 경우는 침묵이 차지합니다. 침묵은 상대방에게는 폭력적이지 않은 대화 방식이지만, 제 스스로에게 표현할 권리를 빼앗는 폭력이기도 합니다. 폭력의 언어가 난무하는 세상에서 저까지 스스로에게 폭력을 행사하는 것인가 싶습니다. 폭력의 언어와 침묵 사이에서 진정한 소통은 어렵기만 합니다. 그래서 소통이란 무엇인지에 대해 더 고민하게 됩니다. 진정한 소통은 어떤 것일까요? 소통(疏通)에서 핵심은 '서로 마음을 열고 통하는 것' 아닐까요? 소통은 물론 표현함으로써 가능하겠지만, 요즘 들어 소통은 '유창한 혀'로 하는 게 아니라는 생각이 듭니다. '둔탁하고 짧은 혀'라도 진심을 다해 전한다면 소통이 이루어지지 않을까요. 혹은 불편한 말을 서로 편하게 할 수 있는 '마음의 여유'가 필요한 것은 아닐까요.

말은 마음의 꽃입니다. 내 혀에서는 어떤 꽃이 피고 있을까요? 오늘 우리의 혀는 어떤 꽃으로 피어나 어떠한 향기로 소통하며 세상을 채우고 있는지 살펴보면 좋겠습니다.

① 동화 탐색 질문

- 시원이는 혀를 파는 당나귀의 '고약한' 말투에 기분이 상해서 혀를 사기 싫었지만, 당나귀 때문에 혀를 사기로 결심합니다. 당나귀에게 욕을 해주고 싶어서 혀를 사게 된 주인공의 행동에 공감하시나요?

- 시원이가 새 혀를 가지고 보내는 하루 일과에서 가장 통쾌한 부분과 가장 아쉬운 부분은 무엇이었나요?

- 시원이는 왜 다시 시장에 가서 혀를 되팔았을까요? 이야기의 결말에 대해 어떻게 생각하나요?

② 에세이 탐색 질문

- 글쓴이는 '일기장'이 표현의 장(場)이었다고 합니다. 나에게도 편하게 마음을 털어놓는 공간이나 대상이 있나요?

- 글쓴이는 '혀'가 자기표현의 도구이자 소통의 도구가 된다는 것에 주목합니다. 표현과 소통의 방법으로 혀가 완벽한 도구가 될 수 없다면, 그것을 보완하거나 대체할 비언어적인 방법에는 어떤 것이 있을지 생각해 봅시다.

③ 자아성찰 질문

• 이 책에서 '혀'는 말투, 말솜씨, 표현 방식, 언어습관 등을 의미합니다. 나는 어떤 표현 방식, 어떤 언어 습관을 가지고 있나요? 내가 자주 하는 말이나 행동은 무엇인가요?

• 시원이가 '무엇이든 시장'에서 사온 날쌘 혀가 나에게도 필요한 순간이 있었나요? 어떤 상황에서 어떤 혀가 필요하다고 느꼈나요?

• 내가 '무엇이든 시장'에 간다면 무엇을 사고 싶은가요? 명쾌하게 말해주는 혀? 무엇이든 꿰뚫어보는 눈? 내가 가장 갖고 싶은 능력은 무엇인가요?

----

④ 확장 질문

• 말에는 힘이 있다고 합니다. 언어의 긍정적인 힘과 부정적인 힘을 생각해 봅시다. 우리 사회에서 긍정적인 언어로 어려움을 극복한 사례 혹은 폭력적인 언어로 유발된 갈등으로는 어떤 것들이 있을까요?

• 세대 별로 사용하는 언어가 달라졌다고 느낀 적이 있나요? 부모세대와 나, 자녀세대의 언어는 어떻게 다른가요?

• 우리 사회에는 어떤 '혀'가 필요할까요? 혹은 어떠한 신체기관(눈, 코, 귀, 손, 발 등)이 필요할까요? 왜 그렇게 생각하나요?

사색 자료

① 그림책

『알사탕』, 백희나, 책읽는곰, 2017. #소통 #진심 #용기

표현과 소통에 서툰 동동이는 동네 문방구에서 사온 알사탕을 먹고 사람들의 진심을 듣게 됩니다. 알사탕이 일으킨 마법 같은 마음의 대화는 동동이에게 소통을 시작할 용기를 심어줍니다. 백희나 작가의 상상력은 독특한 그림만큼이나 따뜻하고 개성적입니다.

『비밀의 강』, 마저리 키넌 롤링스/레오 딜런, 김영욱, 사계절, 2013. #소통 #존중

칼포니아는 굳이 말을 하지 않아도 무엇을 해야 하는지 아는 소녀입니다. 가뭄으로 고통 받는 마을에 도움이 되기 위해 메기를 잡아오는 과정에서 그녀가 사람 및 자연과 소통하는 방식은 큰 깨달음을 줍니다. 소통은 순수한 마음으로 질서를 존중하며 상대와 하나 될 때 자연스레 이루어진다는 것을 보여주는 책입니다.

『사실대로 말했을 뿐이야!』, 패트리샤 맥키삭/지젤 포터, 마음물꼬, 고래이야기, 2013. #자기표현 #정직

엄마에게 혼이 난 이후로 거짓말을 하지 않겠다고 다짐한 '리비'. 그녀의 너무나 정직한 말은 다른 사람들의 마음을 불편하게 만듭니다. 정직하게 말하는 것은 어떻게 하는 것일까요? 말에는 진심과 애정이 필요하다고 이야기하는 책입니다.

② 동화 / 아동청소년 도서

『만복이네 떡집』, 김리리/이승현, 비룡소, 2022. #동화 #자기표현

찹쌀떡을 먹으면 입이 들러붙고 꿀떡을 먹으면 달콤한 말이 술술 나옵니다. 못된 말과 행동을 일삼던 만복이는 이상한 떡집의 떡을 먹으면서 착한 일을 시작하게 되고 따뜻하고 흥거운 변화를 경험하게 됩니다.

『욕 좀 하는 이유나』, 류재향, 위즈덤하우스, 2019. #동화 #자기표현 #소통

강하게 표현하고 싶어하는 아이들의 욕구를 유쾌하게 그려내는 책입니다. 아이들다운 기발한 발상으로 욕의 문제 및 소통의 문제를 해결합니다.

『아몬드』, 손원평, 창비, 2017. #청소년소설 #소통 #공감

'감정 표현 불능증'을 앓는 '윤재'가 분노로 가득 찬 '곤이'를 만나 우정을 나누는 과정에서 감정과 공감 능력이 살아납니다. 충격적인 사건들과 공감 불능한 주인공들을 통해 우리 사회의 소통의 문제에 대해 생각하게 만드는 책입니다.

『취미는 악플, 특기는 막말』, 김이환,정명섭,정해연,조영주,차무진, 생각학교, 2020. #청소년소설 #소통

'말'을 둘러싼 다섯 가지 사건을 모아놓은 옴니버스 소설집입니다. 관심과 상처 사이, 말의 가치와 무게 사이에서 고민하는 청소년들에게 '말'에 대한 통찰을 주는 책입니다.

③ 성인 도서

『설득의 심리학』, 로버트 치알디니, 이현우, 21세기북스, 2002. #심리학 #소통

심리마케팅 교수 로버트 치알디니는 인간의 심리에 근거하여 설득의 원칙 여섯 가지를 제시합니다. 다양한 관계 속에서 어떻게 상대를 설득할 수 있는지 혹은 어떻게 상

대의 요구에서 벗어날 수 있는지 여러 사례를 들어 알려줍니다.

『5가지 사랑의 언어』, 게리 채프먼, 생명의말씀사, 2010. #종교철학 #소통 #관계

사랑하면서도 서로 소통이 되지 않는다면 상대가 지닌 사랑의 언어를 생각해봐야 합니다. 다섯 가지 사랑의 언어인 '인정하는 말, 함께하는 시간, 선물, 육체적인 접촉, 봉사'를 이해함으로써 관계의 어려움을 극복할 수 있습니다.

④ 기타 매체

<굿 윌 헌팅>, 구스 반 산트, 1997. #영화 #자기표현 #소통

교수 '숀'이 상처 입은 천재 청년 '윌'의 마음을 열게 하여 그의 길을 찾아가도록 돕습니다. 오만하고 무례한 말로 숀에게 상처를 주던 윌은 애정 어린 숀의 충고에 결국 마음을 여는데요. 어린 시절 폭력과 학대, 입양과 파양의 반복을 겪은 윌에게 숀은 이렇게 말해줍니다. "네 잘못이 아니다." "네 잘못이 아냐." 숀의 진심 가득한 마음, 상대에 대한 인정과 존중, 기다려주는 마음으로 윌은 진정한 소통을 시작하게 됩니다.

신윤복 <미인도>, <단오풍정> #그림 #소통

그림은 또 다른 소통의 방법입니다. 신윤복의 '미인도'와 '단오풍정'을 각각 천천히 살펴보고, 화가는 그림에 무엇을 담고 싶었는지 화가가 하고자 하는 말을 헤아려 봅시다. (참고: 오주석, 『오주석의 한국의 미 특강』, 푸른역사, 2017.)

어둠을 뚫고 나온 빛

- 『여름이 반짝』, 김수빈/김정은,
문학동네, 2015.
#알아차림 #희망 #사랑 #성찰

　사람들은 누구나 아픈 시간이 있습니다. 아픈 시간은 더디게 흘러가는 것 같지만 그 시간도 겪어보니 삶의 한 부분으로 자리 잡아, 반짝이는 순간이 오는 것 같습니다. 죽음을 이야기 초반부터 드러내며 주인공이 슬픔을 이겨내는 과정을 보여주는 동화책, 『여름이 반짝』은 캄캄한 어둠 속에 길을 헤매고 있는 이에게 자그마한 촛불 하나를 켜주며 따뜻한 숨을 불어 넣어주는 동화입니다.

　잠시 할머니 댁에 지내기 위해 시골로 내려온 린아는 낯선 시골 환경이 마음에 들지 않습니다. 석 달 전만 해도 린아는 시골에서 살게 될 줄은 꿈에도 몰랐기 때문이지요. 아버지 없이 혼자 린아를 책임져야 하는 엄마는 일이 너무 바빠서 린아를 친정엄마에게 맡기고 간 것이지요. 린아는 할머니 집에서 딱 6개월만 지내기로 엄마와 약속했습니다. 하지만 린아는 엄마와 떨어져 시골 할머니 댁에 있는 사실만으로 기분이 좋지 않습니다. 그리고 자신을 눈엣가시처럼 여기는 같은 반 아이 김사월까지 린아의 심기를 자꾸 건드려 마음을 더 불편하게 만듭니다. 모든 상황이 탐탁지 않은 린아는 점점 더 예민해지고 공격적인 말투로 친구들을 대하게 됩니다.

마음에 상처를 입은 사람들은 자신의 아픈 부분을 들키고 싶지 않아 모든 감각을 곤두세워 맞서게 됩니다. '나는 지금 몹시 짜증이 나고 힘드니까 날 내버려 둬! 건드리지 마!'라는 경고이기도 하지요. 그렇기 때문에 주변 사람들은 쉽게 다가갈 수 없습니다. 스스로 벽을 치고 세상과 단절하며 쉽게 슬픔에 빠지고 고통과 절망에서 빠져나오지 못합니다. 이런 마음의 상처를 가진 사람들은 더욱이 자신의 마음을 들킬까 봐 자신을 위장하며 약함이 드러나는 것을 두려워합니다. 그리고 그 부정적인 감정들은 몸과 마음을 헤집고 다니며 자신을 더욱 아프게 하기도 합니다. 대표적으로 예를 들 수 있는 그림책이 있습니다. 바로 『가시 소년』[3]입니다. 그림책 『가시 소년』에서는 소년이 스트레스를 받는 상황에 직면할 때마다 가시가 돋아납니다. 그 가시는 사람들을 찌르기도 하며 상처를 입히기도 합니다. 모두 가시 소년을 피하며 다니지요. 린아의 시골 학교생활 속에서 친구들과의 관계가 그렇습니다.

---

3) 권자경/하완, 『가시 소년』, 천개의 바람, 2021.

하지만, 린아의 어두운 마음에 반짝이는 빛과 따뜻한 온기를 심어준 아이가 있습니다. 바로 유하입니다. 유하는 린아의 짝꿍입니다. 김사월과 린아가 싸울 때 은근슬쩍 다가와 린아의 마음을 다독여 줍니다. 그런 유하는 어느 날 갑자기 교통사고로 죽게 됩니다. 유하는 죽기 전날 밤 린아에게 전해줄 게 있으니 꼭 만나자고 전화를 겁니다. 다음 날 갑작스러운 유하의 죽음은 린아에게 커다란 충격으로 다가옵니다. 그런 린아의 마음을 알아차렸는지 유하는 영혼으로 린아 앞에 다시 나타납니다. 유하가 살아 있을 적 린아에게 말해 준 것처럼 '숨을 불어 넣어야만 존재하는 비눗방울'로 나타나 린아와 재회하게 되지요. 그리고 유하는 린아에게 자신의 펜던트 목걸이를 찾아달라고 부탁합니다. 하지만 목걸이를 전해주는 일은 쉽지 않았습니다. 약속을 끝내 지키지 못한 린아는 유하가 사라지고 나서야 유하의 마음을 알게 됩니다. 유하가 그토록 찾고 싶어 했던 펜던트 목걸이 안에는 린아가 있었기 때문이지요. 유하는 린아의 어두운 마음속에 늘 빛을 밝혀주고 있던 존재였으니까요.

마음에 그늘짐은 겉으로 드러나지 않을 뿐 누구에게나 존재합니다. 저 역시 어린 시절 부모님의 이혼이 늘 마음 한 켠을 그늘지게 했습니다. 비어있는 엄마의 자리는 늘 남의 눈치를 보게 만들었습니다. 가시 소년처럼 가시를 곤두세워 친구들에게 못되게 굴기도 했습니다. 그래서 관리가 안 되는 아이로 찍혀 어른들의 곱지 않은 시선을 받아야 했습니다. 엄마의 부재는 서러운 시간, 슬픈 아픔이었습니다. 저의 어린 시절은 빛이 없는 지하 단칸방이었지요.

어머니가 있는 아이들은 반짝반짝 빛이 나는 것 같았습니다. 어머니가 있는 아이들은 시큼한 냄새가 베인 옷도 입지 않고, 어머니가 손수 만들어준 반찬이 아닌 참치 통조림으로 매 끼니를 때우며 외롭게 살진 않을 테니까요. 어린이날이 다가오면 놀이공원에 가서 신나게 놀 수 있을 것이라는 기대와 희망을 버려야 했고, 크리스마스 날이 다가오면 문고리에 걸어놓은 신발에 선물이 들어있을 것이라는 설렘을 버려야 했습니다. 어차피 그런 것들은 부모님이 온전하게 있는 아이들에게만 허락된 것으로 생각했으니까요. 부모님의 이혼은 저에게 너무나 가혹하고 잔인한 벌이었습니다. 저는 아무런 잘못이 없었는데 말이지요. 저에게도 빛을 밝혀주는 이가 존재했을까요?

아버지께서는 린아의 어머니처럼 늘 바빴습니다. 홀로 생계를 책임져야 했기 때문이지요. 딸 둘을 책임져야 하는 아버지의 삶은 매일 전쟁터였을 것입니다. 하루 벌어 하루를 살기에도 빡빡하고 힘든 나날들의 반복이었고, 하루라도 아버지가 일하지 않으면 당장 길거리에 나앉아야 할 형편이었으니까요. 얼마나 막막하고 두려웠을까요. 술로 고단함을 달래던 아버지의 모습이 아직도 눈에 선합니다. 매일 밤 마음을 다잡으며 살았을 테지요. 딸들을 키우는 일이 아버지에게 얼마나 난감하고 어려운 일이었을까요?

저의 아버지는 집착이 유독 심하다고 생각했습니다. 친구들과 노느라 귀가 시간이 늦어지면 전화를 백 번을 넘게 하며 저와 언니를 달달 볶았으니까요. 그리 늦지도 않은 시간이었는데도 매일 잔소리를 심하게 했지요. 그때는 아버지의 그런 행동들이 이해되지 않았습니다. 한

창 친구들과 놀 나이에 '해 떨어지기 전에 들어오라니! 너무 심한 거 아니야! 어차피 우리 집은 부모가 자식들 생각 하나도 안하는 콩가루 집안 아니었나?' 반항심에 전화기 버튼을 꺼놓기도 했지요.

세월이 흐르고 자식들을 낳아 키워보니 아이들이 학원에 도착했는 데도 전화가 오지 않거나 전화를 받지 않으면 '무슨 일이 생긴 걸까?' 전전긍긍하는 저를 보니 그때 아버지의 모습과 겹치더군요. '아, 아버 지의 마음이 이런 거였구나. 아버지는 어머니 없는 딸들이, 아니 정확 하게 말하면 부모의 보호를 받지 못하는 딸들이 밖에 나가서 험한 꼴 을 당하지 않을까 늘 조바심이 나고 불안했었던 거였구나! 나를 많이 사랑해서 걱정하셨던 거구나……' 부모가 되어보니 이제야 그 마음을 조금은 알 것 같습니다.

아버지가 돌아가시던 날, 참 많이도 울었습니다. 장맛비가 줄기차게 오던 새벽에 일을 나가 영영 돌아오지 못했으니까요. 갑작스러운 아 버지의 죽음이 믿기지 않았습니다. 그 후 제게 여름의 장맛비는 가장 슬프고 아픈 비가 되어 매해 돌아왔습니다. 아버지에게 고마웠다고 딸 들을 키우느라 얼마나 힘들었냐고 말 한마디조차 못 해 드린 것 에 대한 미련이 남아 저 자신을 미워했습니다. 동시에 엄마의 부재에 만 몰두한 저의 지난날이 후회되었습니다. 저는 항상 뿌리 없는 나무 처럼 위태롭게 살고 있었으니까요. 아버지가 돌아가신 후에야 깨달았 습니다. 저를 굳게 지탱해 준 아버지의 사랑은 땅속 깊은 곳에 뿌리를 내리고 있었다는 사실을요. 제가 튼튼하게 자랄 수 있도록 도우며 늘 제가 꽃피울 수 있도록 끊임없이 애쓰셨지요. 저는 가끔 마음이 몹시 힘들 때마다 아버지가 해주던 말을 떠올리곤 합니다. '기죽지 말고 당당하게 살아라!' 그 한마디는 지금도 저의 삶을 단단하게 지탱해주는 아버지의 굳센 언어입니다.

누구나 저처럼 그늘졌던 순간의 기억들이 있을 것입니다. 부모님의 부재, 나를 힘들게 했던 학창 시절의 기억, 이성 친구와의 문제, 직장 생활 속에서의 고된 시간, 혹은 주변 사람의 죽음으로 인해 마음에 어두움이 찾아올 때가 있습니다. 어둠을 피해 갈 수 있다면 얼마나 좋을까요? 스스로 불행하다고 생각하다 보면 내가 가진 빛을 온전히 누리지 못하고 사는 것 같습니다. 내가 가지지 못하고 결핍된 것에만 지나치게 몰두하다 보면 내 안에 스며들고 있는 아름답고 강한 빛을 보지 못합니다. 빛을 찾느냐 찾지 못하느냐는 마음먹기에 달려 있습니다. 어둠뿐이라 생각하는 삶에도 반드시 빛은 존재하니까요. 내가 가진 빛을 잘 찾으면, 어둠을 이겨내는 방법도 빠르게 깨우칠 수 있습니다.

힌두교에는 다음과 같은 격언이 있다고 합니다. '신은 당신이 절대 찾지 않을 만한 장소에 가장 귀한 보물을 숨겨두었다. 바로 당신의 주머니다.' 내 주머니엔 어떤 보물이 숨겨져 있을까요? 마음이 힘들 때 당신의 주변을 한번 둘러보세요. 누군가의 빛이 당신의 마음을 환하게 비춰주고 있을지 모르니까요. 빛을 온몸으로 느끼며 살고 또 그 빛을 나누어 주는 삶을 사시길 바랍니다. 구름 속에 갇힌 해는 형체만 보일 뿐 그 진가를 발휘하지 못합니다. 하지만, 구름을 뚫고 나온 해는 자신의 존재를 과시하듯 확실하게 빛을 뿌려줍니다. 마음의 구름을 걷어내면 삶은 훨씬 가볍고 행복해집니다. 나를 향하는 따뜻한 빛들을 발견하고 나의 결핍된 공간에 무수한 별들을 채워보는 것은 어떨까요?

① 동화 탐색 질문

• "7월의 햇살은 눈부시게 반짝였고 7년 만에 첫울음을 터뜨렸을 매미는 오
늘이 삶의 마지막 날인 것처럼 온 힘을 다해 울어댔다."는 이 책의 마지막
문장입니다. '여름'과 '햇살'은 이 책에서 어떤 의미가 있을까요?

• 유하는 비눗방울을 불며 자신의 숨이 들어간 비눗방울이 "하늘을 나는 것
도 신기하고 어디까지 닿을 수 있는지도 궁금하고"라고 말합니다. 이 책
에서 '비눗방울'은 어떤 의미가 있을까요?

----

② 에세이 탐색 질문

• 글쓴이는 그늘진 마음속에 빛을 발견하라고 말합니다. 그늘진 마음속 빛을
발견해 보세요. 내가 사랑받고 있다고 느끼는 순간은 언제인가요? 나는 타
인이 나에게 어떤 말이나 행동했을 때 사랑받고 있다는 생각이 드나요?

• 글쓴이는 '내가 모르고 살았던 아버지의 빛'을 이야기합니다. 내가 의식
하지 못하고 살았던 나에게 빛을 주었던 존재를 떠올린다면 누가 떠오르
나요?

- 내가 누군가에게 빛과 같은 존재가 되어본 적이 있나요? 누구에게 그런 존재가 되어주고 싶은가요?

----

③ 자아성찰 질문

- 나의 여름날이라고 할 수 있는 시기, 가장 눈부시게 반짝였던 시기는 언제 인지 떠올려 봅시다. 나는 누구와 함께 했나요?

- 유하의 갑작스러운 죽음처럼 우리는 늘 삶과 죽음을 염두에 두고 살아가 야 합니다. 내가 만약 지금 당장 죽음을 맞이한다면 가장 후회되는 일은 무엇일까요?

- 유하의 갑작스런 죽음으로 린아는 혼란스러워합니다. 그리고 기적 같은 만남이 잠시 찾아왔는데요. 내게도 누군가와 다시 제대로 작별할 기회가 생긴다면 누구를 만나고 싶나요? 왜 그런가요?

----

④ 확장 질문

- 우리 사회에 '빛'과 같은 존재가 있다면 어떤 사람이 떠오르나요? 왜 그렇 게 생각하나요?

- 개인의 그늘진 시간과 마음을 공동체나 제도적 장치로 도와줄 방법은 없 을까요?

사색 자료

① 그림책

『심장 도둑』, 사이다, 사계절, 2020. #고백 #사랑

사람들은 모두 심장을 도둑맞습니다. 심장도둑이 누구인지 밝혀지는 순간 가슴에 뭉클함과 벅찬 전율이 느껴집니다. '나'라는 존재가 더 특별하고 소중하게 여겨집니다.

『한숨 구멍』, 최은영/박보미, 창비, 2018. #공감 #사랑

새로운 환경이 두려운 아이는 한숨을 쉴 때마다 마음에 구멍이 생겨납니다. 아이의 구멍은 무엇으로 채워질까요? 아이의 힘든 마음을 어른들이 어떻게 달래주고 공감해 주는 것이 좋을지 생각해 볼 수 있습니다.

② 동화 / 아동청소년 도서

『당신의 소원을 들어드립니다』, 이지음/국민지, 비룡소, 2021. #동화 #희망 #발견

소원을 들어주는 앱을 개발한 램프의 요정 지니와 부자가 되고 싶은 열한 살 다희가 만나 다희의 진짜 소원을 찾아 나가는 이야기입니다. 진짜 소원을 이루기 위해 우리는 어떠한 자세로 삶을 맞이해야 하고 내가 원하고 필요한 것은 진정 무엇인지 깨닫게 해줍니다.

『세계를 건너 너에게 갈게』, 이꽃님, 문학동네, 2018. #청소년소설 #사랑 #가족

주인공 은유는 또 다른 은유와 편지를 주고받음으로써 자신을 이해하게 되고 자신이 알고 있지 못했던 소중한 것들을 찾게 됩니다. 편지글의 형식으로 되어 있어 참신하

고 가독성이 좋습니다.

③ 성인 도서

『시선으로부터』, 정세랑, 문학동네, 2020. #소설 #추억 #이별

살아생전 파격적인 행보를 걸었던 심시선이라는 인물이 죽은 후, 그의 가족들이 10주기를 맞아 추모하면서 벌어지는 이야기를 담고 있습니다. 가족의 부재가 어떤 의미로 다가오는지 깊이 생각해 볼 수 있습니다. 부재한 사람의 기억과 추억은 남은 사람들의 마음을 따뜻하게 위로해주기도 합니다.

『떠난 후에 남겨진 것들』, 김새별/전애원, 청림출판, 2020. #에세이 #감사 #반성

떠난 이들의 마지막 흔적을 지우고 그들의 사연을 전해주는 유품정리사의 이야기입니다. 삶과 죽음을 되돌아 볼 수 있는 시간을 갖게 해줍니다. 또한, 책을 통해 삶을 대하는 자세가 달라질 수 있습니다.

『내가 틀릴 수도 있습니다』, 비욘 나티코 린데블라드, 다산초당, 2022. #에세이 #깨달음 #행복

어쩌면 내가 틀릴 수도 있습니다. 머릿속의 수많은 생각이 내가 아님을 알아차리는 것은 중요합니다. 습관적으로 불행과 불안에 몰두하며 자신을 힘들게 하며 살아가고 있다면 그것에서 벗어나 더욱 평안하고 행복한 삶을 살아갈 수 있도록 도와주는 따뜻한 책입니다.

『모기 뒤에 숨은 코끼리』, 에른스트프리트 하니슈, 에바 분더러, 한국경제신문, 2021. #인문학 #감정 다스리기 #심리

사람들은 각자 감정을 다스리며 살아갑니다. 하지만 유난히 어떤 작은 일에 흥분하거나 화를 내게 되는 순간이 있습니다. 저자는 화의 진짜 원인을 찾으라고 말합니다. 내가 진짜 원하는 욕구를 찾아 내 삶에 적용시키고 실현하며 살아가야 함을 알려줍니다.

④ 기타 매체

<그해, 우리는>, 김윤진, 이단, 2021. #드라마 #사랑 #발전

전교 일등과 전교 꼴등이 만나 10대, 20대, 30대를 함께 보내며 성장하는 과정을 담백하게 담고 있습니다. 뜨거웠던 여름의 풋풋한 청춘남녀의 사랑과 우정을 통해 서로가 어떤 의미로 삶을 지탱해주는지 잘 보여줍니다.

<코코>, 리 언크리치, 2018. #애니메이션 #죽음 #기억 #용기

산 사람보다 죽은 사람들의 이야기를 더 자세하게 보여줌으로 누군가 나를 기억해준다는 것이 얼마나 소중하고 가치 있는 일인가를 알게 해줍니다.

관계속의 긍정의 힘

- 『강남사장님』, 이지음/국민지,
비룡소, 2020.
#공감 #긍정

아빠가 떠났습니다. 열두 살 지훈의 마음에는 커다란 상실감만이
남았습니다. 지훈의 가족은 아빠의 사업 부도로 인해 강남 아파트에
서 쫓겨나 서울 변두리 작은 원룸으로 이사를 하게 됩니다. 지훈의 아
빠는 돈을 많이 벌어 떳떳한 아빠가 되어 돌아오겠다는 편지만을 남
긴 채 집을 나갔습니다. 이 일로 인해 지훈에게 남은 것은 상처뿐인 마
음입니다. 학교에 가면 아빠 사업이 망했다고 아이들에게 무시당할까
봐 미리 마음의 장벽을 치며 단단한 갑옷을 입고 학교에 다닙니다. 지
훈은 친구 관계도 부도가 난 것 같습니다. 스스로 혼자가 되는 것을 자
초하며 거리를 두는 지훈의 비관적인 태도에 초라한 자존심이 느껴집
니다. 지훈의 지치고 힘든 마음을 따뜻이 어루만져 감싸고 달래주는
누군가 있었다면 어땠을까요?

누구나 성장하는 과정에 고난과 시련이 찾아옵니다. 인생의 난관을 홀로 감내하기 버거울 때 나를 위로해 주고 지지해 주는 누군가가 있다는 것이 인생을 살아가는데 얼마나 크나큰 전환점이 되어주는지 『강남 사장님』을 통해 이야기를 나누고자 합니다. 『강남 사장님』은 백만이 넘는 구독자를 보유한 유튜브 크리에이터 고양이에 관한 이야기입니다. 고양이의 삶의 애환을 낱낱이 파헤쳐 주고, 귀여운 고양이의 말버릇과 그림에서 보여주는 즐거움도 빼놓을 수 없는 작품입니다. 고양이 캐릭터와 더불어 열두 살 아이와의 진한 우정 이야기는 인생의 아픈 상실의 경험을 이겨내고 성숙한 자아로 나아갈 수 있는 긍정적 메시지를 전해줍니다. 또한, 서로에게 기댈 언덕이 되어주는 이들의 우정은 삶의 잔잔한 위로를 건네주는 것 같습니다. 그렇다면 고양이는 어떻게 '강남 사장님'이 되었을까요?

　　'고양이에게 밥을 주지 마세요. 동네가 지저분해집니다.'라고 쓰인 종이가 빌라 앞에 붙어 있습니다. 그때, 빌라 주차장으로 비틀거리며 걸어오는 고양이가 있습니다. 지훈은 바들바들 떨고 있는 고양이를 꼭 안아줍니다. 그렇게 한참을 안아 주다 바닥에 내려놓자 고양이는 슬픈 눈으로 지훈을 힘없이 바라봅니다. 지훈은 고양이가 가엾고 불쌍해서 고양이를 데리고 집으로 갑니다. 지훈은 엄마에게 고양이와 같이 살고 싶다고 이야기합니다. 안타깝게도 그날은 아빠의 사업 부도로 인해 강남의 크고 깨끗한 아파트에서 쫓겨나 서울 변두리 작은 원룸으로 이사 온 날이었습니다. 지훈의 엄마는 "당장 먹고 살기도 힘든데 고양이 입까지 거둘 돈이 어디 있니? 너까지 엄마를 힘들게 하지 마!"라는 말을 건네고는 끝내 눈물을 훔칩니다. 지훈은 엄마의 눈물에 더 이상 떼를 쓰지 못합니다. 고양이에게 꼭 데리러 오겠다는 말을 남기고 그저 말없이 고양이를 원래의 자리로 돌려보냅니다.

　지훈을 만나기 전 길고양이의 삶은 모질고 험난했습니다. 따뜻하게 기대어 쉴 곳도, 돌봐주는 가족도 없이 악착같이 버티며 살아야 했기 때문입니다. 형편없는 몰골의 길고양이는 태어나서 처음으로 따뜻한 마음을 받았습니다. 누군가 같이 살자고 한 건 지훈이 처음이었기 때문입니다. 지훈을 만난 후 고양이는 희망을 품기 시작했습니다. 앞뒤 재지 않고 길바닥에 주저앉아 자신에게 무릎을 내어주는 아이라면 자신의 모든 걸 걸어도 좋겠다고 생각했으니까요. 그때부터 돈이란 게 무엇인지 연구했다고 합니다. '돈만 있으면 저 꼬마랑 같이 살 수 있다.'라는 생각을 매일 하면서 말입니다. 고양이가 힘들었던 것은 먹을 것이 없는 것과 잠잘 곳이 없어서가 아닙니다. 모두 자신을 외면하고 등을 돌려 더 이상 자신에게 내어줄 작은 마음조차 없다는 냉혹한 현실이 비참하고 씁쓸하게 느껴졌으니까요. 이런 고양이의 시리고 아픈 마음을 지훈이 다가와 따뜻한 온기로 채워준 것입니다. 지훈이가 내어준 마음 덕분에 떠돌이 길고양이는 한 번 더 삶의 용기와 희망을 품고 열심히 일해서 성공한 '유튜브 크리에이터 강남 사장님'이 되었습니다.

　마음에 장벽을 치고 지내는 지훈이는 어떻게 되었을까요? 아빠의 부재, 가난과 같은 시련은 지훈이가 세상과 소통을 하지 못하는 시간으로 돌아옵니다. 이렇게 조금씩 세상과 멀어지고 있을 때 지훈이를 변하게 만드는 것은 강남 사장님과의 만남입니다. 지훈이가 부정적인 시선으로 세상을 바라보고 있을 때 강남 사장님은 지훈에게 말동무가 되어주고 지훈이의 말에 귀 기울여 줍니다. 또한, 자신의 힘들었던 과거의 상처와 아픔을 지훈에게 고스란히 드러내며 이야기해 줍니다. '고생 뒤에 마음의 눈이 떠지는 게 선물이야. 보이지 않는 걸 보는 눈이 뜨이고, 들리지 않는 걸 듣는 귀가 뜨이는 것, 바로 그게 고생 값이야.' 지훈이의 힘든 시기는 '고생 값'이라는 '선물'을 받기 위함이고 그것은 '인생을 사는데 값진 경험'이 될 것이라고 말입니다. 지훈이는 강남 사장님과 매일 만나며 나누는 대화를 통해 조금씩 마음을 열고 세상을 향해 한 걸음씩 다가가는 용기가 생겼습니다. 이렇듯 마음이 힘들고 괴로울 때 진정 마음을 터놓고 나눌 수 있는 지음(知音)[4]이 있다면 삶이 얼마나 든든하고 행복할까요? 마음이 통하는 사람과의 소통은 이렇듯 어려움을 헤쳐 나갈 수 있는 용기와 희망을 품게 하는 힘이 있는 것 같습니다.

『회복탄력성』[5]이라는 책에서는 긍정의 힘이 우리의 삶에 얼마나 큰 영향을 끼치는지 설명해 주고 있습니다. 긍정적 정서가 습관화된 사람은 행복의 기본 수준도 매우 높다고 이야기합니다. 여기서 말하는 '회복탄력성'이란 변화하는 환경이나 상황에 알맞게 대처하고, 어려움을 직면했을 때 이를 극복하고 본래의 자리로 돌아올 수 있는 힘을 일컫는 말인데요. 책에는 미국의 심리학자 '에미 워너' 교수가 아이들을 대상으로 한 연구에 대해 흥미로운 이야기를 해주고 있습니다. 가

---

4) 지음(知音)은 '알지, 소리 음' 어로 '소리를 알아 듣다'라는 뜻으로 마음이 서로 통하는 친한 벗을 비유적으로 이르는 말.

5) 김주환, 『회복탄력성』, 위즈덤하우스, 2019.

정환경이 열악하거나 가정불화, 엄마나 아빠가 알코올 중독이거나 폭력에 시달리는 가정환경에 있는 아이들은 사회생활 부적응이나 다양한 문제를 일으키며 자라날 확률이 높다는 것이었습니다. 하지만, 똑같은 조건의 아이 중에서도 나쁜 길로 엇나가지 않고 훌륭한 청년으로 바르게 성장한 아이들이 있습니다. 그들에겐 한 가지 공통점이 있다는 사실을 발견하지요. 그것은 성장 과정에 있어 아이의 입장을 무조건 이해해주고 받아주는 어른(심리적 지지자)이 적어도 한 명 이상이 있었다는 것입니다. 아이들의 이야기에 귀 기울여 주고 지지해 주는 따뜻한 마음과 사랑은 힘든 환경 속에서도 커다란 힘을 발휘하며 아이들의 성장 과정에 적잖은 영향을 미치는 것 같습니다. 이렇듯 긍정 피드백은 자칫 나쁜 길로 빠질 수 있는 아이들의 인생을 바꿔 놓은 셈입니다.

저의 엄마도 늘 꽃들과 마음을 나눕니다. 정말 신기한 것은 다 죽어가는 꽃들도 엄마가 만져주면 살아난다는 것입니다. 꽃들이 엄마의 따뜻한 사랑과 마음에 보답하는 듯 매해 화려하게 피어납니다. 엄마의 집 앞을 지나가는 사람들은 "와 꽃향기가 대단하네~ 어쩌면 이렇게 꽃을 예쁘게 잘 키웠을까?"라며 한마디씩 남기며 엄마 집 앞 골목을 지나갑니다. 엄마는 그 말을 무척 좋아하는 것 같습니다. 어느 날 문득 큰 딸은 묻습니다. "엄마 꽃이 이렇게 많은데 자꾸 들이는 이유가 뭐야?" 엄마는 대답해 줍니다. "엄마는 마음이 허하고 속상할 때마다 저 꽃을 바라보고 있으면 너무 행복해. 꽃들은 날 힘들게 하지 않거든. 엄마가 잘 돌보아 줄 때마다 고맙다며 꽃을 하나씩 피우는데 그 향기를 맡고 있으면 엄마는 기분이 좋아져"라고 이야기해 주더군요. 엄마의 마음 부재는 집 앞을 지나가며 미소 짓는 사람들의 긍정적인 말들과 식물이 주는 맑은 공기, 따뜻한 향기 덕분에 든든하게 채워지고 있었나 봅니다.

저의 딸 역시 오 년 동안 저에게 강아지를 키우고 싶다고 졸랐습니다. 저는 제가 할 일이 더 늘어난다는 생각에 "절대 안 돼!"라고 단호하게 선을 그어버렸지요. 그날은 저의 언니 집에서 키우는 강아지를 보고 온 날이었습니다. 잠자리에 들기 전에 딸이 저에게 이런 얘기를 해 주더군요. "엄마 나는 마음이 슬프고 힘들 때 '솜이(언니가 키우는 강아지의 이름)'가 위로가 돼" 이 한마디에 저는 단호했던 마음이 스르르 녹아버렸습니다. 실제로 강아지를 키워보니 저도 아이의 마음을 이해할 수 있게 되었습니다. 항상 나의 기분을 살피며 내 뒤꽁무니를 졸졸 쫓아다니는 강아지의 무조건적인 위로와 사랑은 저에게도 정서적인 안정감과 결핍된 애정의 욕구를 충족시켜 주는 것 같습니다. 마음을 채우는 것은 사람이 주는 따뜻한 언어뿐만이 아니라 식물이 주는 생생한 향기와 심미적 경험, 동물이 주는 무한한 사랑으로도 가능한 것 같습니다. '강남 사장님'에 고양이를 등장시켜 지훈의 마음에 따뜻한 온기를 불어넣어 주는 이유도 바로 이 때문이 아닐까요?

긍정의 에너지는 이처럼 사람뿐만 아니라 자연과 동식물과의 교감을 통해서도 얻을 수 있습니다. 하루가 바쁘더라도 허기진 나의 마음들을 방치하지 말고 달래도 보고 다듬어도 보면서 든든하게 채우며 집중할 수 있는 시간과 공간을 마련해 주는 것은 어떨까요? 하루가 바쁘다는 핑계로 정작 자신의 마음을 돌보는 것에 너무 인색하게 살아온 것은 아닌지 수시로 돌아보아야 합니다. 인생의 여정은 반드시 꽃길만 존재하는 것은 아니니까요. 흙길 위에 꽃도 피는 것이지요. 우리는 그 흙을 열심히 다져야 합니다. 흙은 곧 마음입니다. 마음의 길을 잘 다져야 인생의 여행길에 성취와 행복도 틈틈이 피워낼 수 있는 것이 아닐까요?

① 동화 탐색 질문

• 강남 사장님은 '엄마가 없는 고생, 아빠가 없는 고생, 돈이 없는 고생, 집이 없어서 길에서 살아야 하는 고생' 등을 이야기합니다. 그렇다면 내가 생각하기에 가장 힘든 고생은 무엇인가요?

• 강남 사장님은 사람들이 숲, 들판, 시냇물까지 몽땅 시멘트로 덮어 버려서 사냥도 못하게 만들어 버렸다고 말하며 길고양이의 애환에 대해 토로합니다. 내가 만약 길고양이의 입장이 되어본다면 어떤 점이 가장 힘들까요?

• 지훈은 돈 때문에 가족이 해체되었다고 생각합니다. 강남 사장님은 돈만 있으면 가족을 만들 수 있다고 생각하지요. 그렇다면 돈은 어떤 의미가 있나요? 지훈의 가족은 정말 돈으로 인해 해체되었다고 생각하나요?

----

② 에세이 탐색 질문

• 글쓴이는 강남 사장님과 지훈의 만남은 서로에게 긍정적인 영향을 주며 희망을 향해 나아갔다고 말하고 있습니다. 그렇다면 당신은 당신의 말에 온전하게 귀를 기울여주며 긍정적인 영향을 주는 사람이 있나요?

• 마음이 허전하고 힘들 때 어떻게 채우고 있나요? 누군가의 만남이나 동식물과의 교감으로 마음을 채우기도 하나요?

----

③ 자아성찰 질문

• 지훈이는 친구를 사귀고 싶었지만 실제로는 반대로 행동했습니다. 나도 누군가에게 나의 마음과 다르게 행동한 적이 있었나요? 그렇게 한 이유는 무엇인가요?

• 강남 사장님은 먹을 것과 잠잘 곳이 없는 것보다, 사람들의 외면이 더 힘들었다고 말합니다. 나는 어떤가요? 내가 가장 안 좋은 상황일 때 무엇이 내 마음을 가장 허전하고 힘들게 하나요?

• 나에게 돈이란? 내가 생각하는 돈에 대한 정의를 내려 보세요.

-----

④ 확장 질문

• 요즘 아이들의 공부하는 양을 보면 저의 어릴 적과는 비교조차 불가할 정도로 방대합니다. 그렇기 때문에 마음을 돌볼 여유조차 없어 보입니다. 그렇다면 아이들은 마음이 힘들 때 어떻게 채우고 있을까요? 어른들은 어떻게 도움을 주어야 할까요?

• 길고양이를 대하는 자세는 사람마다 각기 다릅니다. 골칫덩어리라 여기는 사람이 있는 반면 먹이를 챙겨주고 보살펴주는 사람도 있습니다. 그렇다면 길고양이에 대한 평소 내 생각은 어떤가요?

사색 자료

① 그림책

『깜빡깜빡 도깨비』, 권문희, 사계절, 2014. #감사 #착한 마음 #보살핌

부모 없이 홀로 생계를 책임지며 힘들게 살아가고 있는 아이가 도깨비를 만나 인생이 변화됩니다. 도깨비는 아이에게 어떤 존재가 되어준 것일까요? 반복되는 언어에서 느껴지는 즐거움도 빼놓을 수 없는 작품입니다.

『나는 비둘기』, 고정순, 만만한 책방, 2022. #희망 #봉사 #발견

사고로 인해 비둘기는 날개와 다리 한 짝을 잃게 되어 날지를 못합니다. 비둘기는 자신의 처지를 비관하지 않고 자신의 부족함을 채워나갑니다. 스스로 채우는 만족감과 행복의 중요성을 깨닫게 해줍니다.

『너는 특별하단다』, 맥스 루케이도/세르지오 마르티네즈, 고슴도치, 2002. #긍정 #사랑

웸믹이라는 작은 나무 사람들은 타인의 몸에 스티커를 붙여주며 서로를 평가하고 비교를 합니다. 별표는 자랑거리였지만 점표는 부끄러운 것이었지요. 점표가 많은 펀치넬로는 자신을 볼품없다고 여깁니다. 의기소침해 있던 펀치넬로는 엘리 아저씨가 해준 말로 인해 특별한 존재가 됩니다. 때때로 어떤 만남은 타인의 삶에 기적을 만들어 주는 것 같습니다.

② 동화 / 아동청소년 도서

『나나』, 이희영, 창비, 2021. #청소년소설 #영혼 가출 #성장

버스 사고로 두 아이의 영혼이 밖으로 빠져나오게 됩니다. 영혼은 육체의 모습을 관

찰하며 자신을 돌보지 못했던 지난날들을 되돌아보게 됩니다. 자신의 삶을 단단하게 채우며 살아가는 것이 얼마나 중요한 일인지 알려주는 책입니다.

『나의 수호신 크리커』, 이송현, 자음과모음, 2021. #청소년소설 #학교폭력 # 보살핌

뜻하지 않은 싸움으로 인해 학교폭력에 휘말리게 된 주인공은 힘든 나날들을 보냅니다. 그런 그의 앞에 수호신 크리커가 나타나 힘이 되어주고, 주인공이 올바르게 성장할 수 있도록 도와줍니다.

『어쩌다 시에 꽂혀서는』, 정연철, 위즈덤하우스 2021. #청소년소설 #엄마 # 추억 #우정

외롭고 아픈 시간을 홀로 견디고 있는 주인공이 시를 통해 마음을 다스리고 슬픔을 해소하는 과정을 보여줍니다. 스스로 채워가는 마음의 중요성을 알게 해줍니다.

『엑시트』, 황선미, 비룡소, 2018. #청소년소설 #돌봄 #함께하기 #희망

부모에게 버림받고 나쁜 일까지 당한 주인공은 아슬아슬한 인생의 줄타기를 하고 있습니다. 외롭고 쓸쓸한 아이의 인생에 따뜻한 손을 내어준 청소부 아주머니가 있습니다. 주인공은 자신에게 빛이 되어준 아주머니 덕분에 세상을 향해 나아갈 용기가 생깁니다.

③ 성인 도서

『불편한 편의점』, 김호연, 나무옆의자, 2021. #소설 #친절 #공감 #긍정

자신의 과거를 지우고 '노숙자'의 삶을 살던 주인공이 편의점 주인을 만나 잊고 있던 삶을 되찾아가는 이야기입니다. 작은 친절과 소통이 사람을 얼마나 변화시키는지 알 수 있게 해주는 책입니다.

『미드나잇 라이브러리』, 매트 헤이그, 인플루엔셜, 2021. #소설 #과거 #후회 #깨달음

스스로 죽음을 택한 주인공은 삶과 죽음 사이에 존재하는 신기한 도서관에 들어서게 되면서 자신이 후회한 인생의 기회를 다시 되돌려 살게 됩니다. 이 책은 독자들에게 후회의 순간을 되돌렸을 때 그 결과에 만족하고 살고 있는지 질문을 던집니다.

④ 기타 매체

<라라랜드>, 데이미언 셔젤, 2020. #영화 #함께하기 #행복 #사랑

주인공들은 자신의 꿈을 실현하는 데에 거듭 실패와 좌절을 겪으며 불안한 하루하루를 보내고 있었습니다. 하지만 어느 날 서로를 만나게 되면서, 상대방의 응원과 지지에 힘입어 꿈을 향해 더욱 힘차게 나아갑니다.

<트롤>, 마이크 미첼, 2017. #애니메이션 #긍정에너지 #나눔

트롤 왕국은 언제나 웃음과 행복이 끊이지 않습니다. 하지만 버겐 왕국은 트롤 왕국과 정반대이지요. 이 영화는 행복도 전염이 될 수 있다는 과정을 보여줌으로 모든 행복은 마음먹기에 달려있음을 알려주고 있습니다.

상처받지 않을 거리

-『일곱 번째 노란 벤치』은영/메,
비룡소, 2021.
#신중 #예의 #유연성

　지후는 노란 벤치에 혼자 앉아 있습니다. 그 벤치는 돌아가신 할머니와 늘 함께 갔었던 공원에 있는 일곱 번째 노란 벤치입니다. 지후는 할머니와의 추억을 머금은 그 벤치에서 할머니와 함께 했던 시간을 되뇌며 생각에 잠기곤 하지요. 하지만 그것도 잠시, 지후 앞에 '해나'라는 불청객이 느닷없이 등장합니다. 지후는 처음 보는 아이가 말을 걸어오는 것도 당황스럽지만, 알지도 못하는 아이가 끊임없이 질문을 던지는 것 역시 불쾌하게 느껴집니다. 그리고 해나의 이런 행동들은 지후가 빨리 이곳을 벗어나야겠다고 마음을 먹게 만듭니다. 해나가 지후에게 말을 건 이유는 지후를 불편하게 만들려고 한 행동은 아닐 것입니다. 해나라는 아이는 그저 모르는 사람에게도 스스럼없이 다가가 이야기하는 쾌활하고 호기심이 많은 아이일 뿐이기 때문입니다. 지후가 불편하게 느껴지는 건 관계를 맺기 위한 타인과의 '속도'가 다르기 때문이 아닐까 생각해 봅니다.

　누군가와 가까워지려면 거리를 두고 시간이 오래 걸리는 사람이 있지만, 해나처럼 금세 마음을 열고 다가오는 사람도 있습니다. 누가 옳고 틀리는 것은 아닙니다. 저 역시 관계를 맺기 위해서는 시간이 오래 걸리는 사람 중에 한 명입니다. 그래서인지 먼저 다가가는 일은 거의 없습니다. 가끔은 해나 같은 사람들이 등장해서 관계가 시작되기도 하지요. 하지만, 무작정 다가온다고 해서 다 친해지는 것은 아닙니다. 상대방이 풍기는 분위기와 말투, 표정, 심지어는 외모까지 살피고 나와 잘 맞을 것 같다는 느낌이 어느 정도 통해야 대화를 시도하게 되지요. 어쩔 땐 그렇게 무작정 다가오는 사람들이 굉장히 무례하다고 느낄 때도 있습니다. '저 사람 나한테 너무 부담스러운 질문을 하는 것 같은데, 선을 넘네?'라고 생각을 할 때도 있습니다. 그렇기 때문에 저에게 사람을 사귀는 일은 쉽지 않은 일입니다. 하지만, 해나 같은 사람도 저에게 말을 걸어왔을 때 저처럼 여기저기 잴 수도 있습니다. 그리고 무언가 적극적으로 대답을 해주지 않는다면 '사람이 말을 걸면 대답해야지. 내 말을 무시하네.'라고 기분이 나빠질 수도 있을 것입니다. 어느 하나도 불편한 마음 없이 편안한 관계를 유지하기 위해서 우리는 어떻게 해야 할까요?

　〈겨울왕국〉[6] 애니메이션에 나오는 주인공 안나는 처음 보는 남자

---

6)　크리스벅, 제니퍼 리, 〈겨울왕국〉 애니메이션, 월트디즈니픽처스, 2013.

한스와 사랑에 빠졌고 그로 인해 언니와의 갈등이 시작됩니다. 안나를 도와주는 크리스토프라는 남자는 안나의 이야기를 듣고 질문을 합니다. "어떻게 처음 보는 남자와 결혼할 생각을 할 수 있죠? 그 남자가 코를 심하게 파는 남자라면 어떻게 할 건가요? 코딱지를 먹는다면요?" 라고 묻습니다. 이어 안나는 "그럴 리가 없어요!"라고 단연코 확신합니다. 하지만, 왕국을 차지하려고 했던 한스 왕자는 만만하고 어리숙해 보이는 안나에게 일부러 접근했습니다. 안나가 위험해 처했을 때 가장 비열한 모습을 드러내며 안나를 배신했지요. 서로 첫눈에 반해 혹은 마음이 동하여 빠르게 사랑에 빠질 수 있습니다. 하지만, 인생에 가장 중요한 일을 결정해야 할 때 상대에 대한 아무런 정보 없이 섣부르게 결정하는 일은 매우 위험한 것 같습니다.

『일곱 번째 노란 벤치』는 해나와 지후의 관계뿐만 아니라 공원의 사람들과의 관계의 거리에 대해서도 살펴볼 수 있습니다. 지후는 공원에서 강아지 봉수를 만납니다. 지후는 그 봉수라는 강아지를 많이 좋아합니다. 그러던 어느 날 개를 상습적으로 훔치고 학대하는 남자가 봉수의 목에 밧줄을 걸고 억지로 데려가려고 합니다. 봉수를 억지로 끌고 가는 남자를 지후가 막아서자 그는 지후를 두 손으로 들어 올려 겁을 줍니다. 그때 공원에 있던 사람들은 남자를 막고 지후를 지켜줍니다. 그들은 평소 공원에 자주 오가는 사람들이었습니다.

지후와 평소 인사를 하는 사이는 아니었지만, 공원에 오가는 사람들은 노란 벤치에 앉아있는 지후를 알고 있습니다. 할머니와 항상 일곱 번째 노란 벤치에 앉아 지후를 부르는 할머니의 모습을 기억하고 있었으니까요. 만약 공원에 있는 사람들이 지후에게 "할머니는 어디 계시니?"라고 물었다면 어땠을까요? 아마 지후는 그런 질문들을 받는 순간 더 이상 공원을 찾아가지 않았을 것입니다. 저는 살며시 질문을 던져봅니다. '공원에 있는 사람들은 지훈의 마음을 배려해 준 것일까요?' 저는 그런 것 같습니다. 아이가 있는 자리를 묵묵히 바라보며 부담스럽지 않을 정도로 거리를 유지하되 아이가 도움이 필요한 순간에 빠르게 손을 내밀어 주는 따뜻한 마음과 세심한 배려가 저에게도 필요한 것 같습니다.

관계는 주관적인 생각과 일방적인 마음으로 인해 깨어지기 쉬운 것 같습니다. 『어린 왕자』[7]에 보면 이런 대사가 있습니다. "네가 나를 길들이고 내가 너를 길들이면 우린 서로에게서 떨어질 수 없게 돼. 나를 길들여줘. 하지만, 넌 늘 같은 시간에 오는 게 좋을 거야. 네가 무턱대고 아무 때나 찾아오면, 나는 언제부터 마음의 준비를 해야 할지 모르니까"라며 여우는 어린 왕자에게 길들여지는 것에 대해 이야기를 합니다. 길들여진다는 것은 서로에게 익숙해지는 것이고 또 그만큼 시간을 들이는 것을 의미합니다. 여기서 중요한 것은 늘 같은 시간에 오는 것입니다. 아무 때나 찾아오면 곤란하니까요. 예를 들어 최근 알게 된 누군가가 연락 없이 집에 불쑥 찾아온다면 어떤 생각이 먼저 드시나요? 긍정적인 생각보다는 부정적인 생각에 더 가까울 것입니다. 만남은 그런 것 같습니다. 서로를 받아들일 시간이 준비 되어 있어야 불편한 상황이 발생하지 않습니다. 장미와의 관계에서 성급했던 어린

---

7)　앙투안 드 생텍쥐페리, 『어린 왕자』, 더스토리, 2018.

왕자의 마음처럼 빠르게 상대를 알려고 하다 보면 오히려 마찰이 생길 수 있습니다. 더디고 느린 속도로 가더라도 조급해하지 않고 시간을 들인다면 조금 더 건강한 관계를 맺을 수 있지 않을까 생각해 봅니다. 시간은 나와 상대가 서로를 받아들일 수 있는 과정을 넘어설 때 더 큰 힘을 발휘하는 법이니까요. 상대방의 입장을 이해하기 위해서는 '시간을 들이는 마음'이 필요하고요.

동화와의 거리도 그렇습니다. 책 속에 다양한 아이와 어른의 모습을 보며 적당한 거리 두기와 객관적으로 바라보는 시선이 필요합니다. 제삼자의 입장에서 바라보고 있을 때 나의 문제도 조금 더 명확하게 바라볼 수 있고 그것을 해결하는 것도 어렵지 않으니까요. 관계에 있어서 상대에게 마음을 쓰고 시간을 잘 들이는 것을 늘 염두에 두고 상처받지 않고 상처 주지 않을 만큼의 적당한 거리를 유지해 보세요. 관계의 깊이를 조절하는 능력 또한 시간을 들이는 연습이 필요함과 동시에 갈등을 최소화하며 좋은 관계를 지속할 수 있는 유연한 태도이니까요. 오랫동안 좋은 관계를 지속하기 위해서 따뜻한 눈과 마음으로 타인을 바라볼 수 있는 여유도 있어야 하고요. 길은 누구와 걷느냐에 따라 속도와 시간이 다르게 느껴지니까요.

① 동화 탐색 질문

• 지후에게 '일곱 번째 노란 벤치'는 할머니와의 추억을 회상하며 동시에 휴식을 취하는 장소이기도 합니다. '일곱 번째'와 '노란 벤치'는 어떤 의미가 있을까요?

• '4-2-1=1' 지후 집에 넷이 살았지만, 아빠는 해외 출장을 가고 엄마는 회사 일로 바빠서 할머니와 지후만 있었습니다. 이제 할머니마저 돌아가시고 지후만 남았습니다. 지금 지후의 심정은 어떨까요? 나도 이런 경험이 있나요?

• "작고 어려 보이지만, 속이 깊고 강한 아이야"라는 말은 할머니가 살아 계셨을 때 지후에게 해주시던 말입니다. 이 말은 지후에게 어떤 영향을 주었을까요? 인생을 살면서 나에게 큰 영향을 주었던 말은 무엇인가요?

------

② 에세이 탐색 질문

• 글쓴이가 제시하는 많은 질문들처럼 나를 불편하게 만들거나 부담스럽게 하는 질문이 있나요? 있다면, 불편하게 느껴지는 이유는 왜일까요? 불편하지 않기 위해서 나는 어떻게 해결해야 할까요?

- 글쓴이가 이야기 한 것처럼, 당신은 관계에 있어 적절한 타이밍과 적절한 거리가 중요하다고 생각하나요? 관계의 '거리 두기'와 관계의 '거리 좁히기' 중, 나는 지금 무엇이 필요한가요?

- 당신은 당신의 주변에 있는 소중한 사람들에게 마음과 시간을 잘 들이고 있나요?

----

③ 자아성찰 질문

- 지후가 할머니를 그리워하는 것처럼 나에게도 그리운 사람이 있나요? 그 사람을 생각하면 어떤 기분이 드나요?

- 관심은 무엇이고 간섭은 무엇일까요? 나는 타인과 대화할 때 관심과 간섭 어떤 쪽에 가깝나요? 관계 맺기에서 내게 가장 필요한 것은 무엇인가요?

----

④ 확장 질문

- 사회의 한 구성원으로서 내가 누군가에게 도움을 줄 수 있는 일은 무엇이 있을까요?

- 어떤 관심은 필요에 의해 지나치게 강조하며 의미를 부각하고 정작 관심이 필요한 부분을 외면하게 만드는 것도 같습니다. 내가 생각했을 때 우리 사회에 관심을 가지며 신경 써야 할 부분은 어떤 부분이라 생각하나요?

사색 자료

① 그림책

『두 사람』, 이보나 흐미엘레프스카, 사계절, 2008. #관계 #이해 #함께하기

세상에서 가장 가까운 두 사람 사이에 내포된 의미를 상징적으로 보여주고 있습니다. 그림을 통해 관계의 의미를 생각해 보는 데에 도움을 줍니다.

『똑똑 문을 두드리면』, 고고, 타박타박, 2020. #위로 #이해

우리는 살아가면서 세상이 두려워 도망가고 싶을 때가 있고 그래서 숨고 싶어질 때도 있습니다. 작가는 세상에 발붙이고 살아갈 수 있도록 해주는 것은 이해와 위로의 마음이라고 말합니다.

『애너벨의 신기한 털실』, 맥 바넷/존 클라셋, 길벗어린이, 2013. #공감 #긍정 #공존 #희망

애너벨의 털실로 인해 마을은 나무나 집들까지 털실옷을 입은 따뜻한 동네로 변해갑니다. 오직 애너벨만이 가능한 이 기적 같은 일은, 세상을 희망적이고 긍정적으로 변화시키는 힘이 우리에게 있음을 이야기합니다.

② 동화 / 아동청소년도서

『반반 고로케』, 김송순/김진화, 놀궁리, 2021. #동화 #존중 #관심 #이해

모든 상황이 힘들고 예민한 민우에게 새 아빠는 어떻게 다가갈까요? 이 책은 상처가 있는 아이를 대하는 바람직한 어른의 모습을 보여줍니다.

『악당이 사는 집』, 이꽃님, 주니어김영사, 2017. #동화# 이웃# 오해 #존중

이 책은 편견은 스스로 만들어내는 것이고 그것을 극복하기 위해서는 소통이 중요하다는 것을 세심하게 짚어주고 있습니다. 또한, 다양한 사건, 두 개의 시점으로 서술되어 있어 인물의 성격이나 상황에 대해 쉽게 알 수 있는 점이 인상적인 책입니다.

『지옥으로 가기 전에』, 황선미/천루, 위즈덤하우스, 2021. #동화 #갈등 #화해

생각처럼 풀리지 않는 친구와의 관계, 부모님과의 갈등으로 주인공 장루이는 사는 것이 힘듭니다. 작가는 관계를 맺기 위해서는 서로 양보하고 타협하는 연습도 필요함을 알려줍니다.

③ 성인 도서

『관계를 읽는 시간』, 문요한, 길벗, 2018. #교양 심리학# 관계 #이해

관계의 '바운더리'라는 개념을 통해 관계는 저마다 건강한 거리가 있고, 건강한 관계를 유지하려면 어떻게 해야 좋을지 예시를 통해 문제와 해결책을 제시해 주고 있습니다.

『공감은 지능이다』 자밀 자키, 심심, 2021. #교양 심리학 #공감 #소통

현대 사회는 각박하고 이기적인 사회가 되어 경쟁하는 것에는 익숙하나 공감하고 소통하는 데에는 익숙하지 못합니다. 작가는 공감의 다양한 모습을 설명해주며 공감 능력은 키울 수 있는 지능이고, 공감 능력을 키운다면 관계와 사회는 달라질 수 있음을 보여줍니다.

『도대체 왜 그렇게 말해요?』, 바바라 베르크한, 가나출판사, 2018. #교양 심리학 #관계 #대화

'함부로 말하는 사람 때문에 상처받는 당신을 위한 대화의 기술'이라는 부제로, 무례

하게 대하는 사람들에게 상처받지 않고, 화로 대응하는 것이 아닌 웃으면서 편안하게 대처하는 방법에 대해 안내하고 있습니다.

④ 기타 매체

<미생>, 김원석, 정윤정, 2014. #드라마 #직장 #사회생활#인내#관계#희망

냉혹한 경쟁사회 속에서 타인과 섞여 여러 가지 문제 상황을 직면하고 헤쳐 나가는 주인공의 모습을 통해 때때로 관계는 인내와 노력이 필요하다는 것을 깨닫게 됩니다.

2부

우리 함께 성장합니다.

2부는 현재 내가 살고 있는 사회와 미래 사회에 초점을 맞추어 구성하였습니다. 이 이야기들을 통해 알 수 없는 불안한 미래를 희망으로 바꾸는 열쇠를 찾아낼 수 있기를 바랍니다.

부의 시대, 아이들에게 배우는 관계 맺기 전략

- 『오늘부터 배프! 베프!』,
지안/김성라, 문학동네, 2021.
#정체성 #배려

"그 친구, 좋은 부모 만난 덕에 엄청나게 잘 살아."

우리가 주변에서 흔하게 들을 수 있는 말인데요, 여기서 '잘' 산다는
것과 '좋은' 부모는 '부(富)'를 기준으로 결정됩니다. 요즘처럼 돈이 중
요한 시대에 '부자 되기'를 마다할 사람이 있을까요? 서점과 각종 SNS
에 부자가 되기 위한 정보들이 넘쳐나는 것을 보면 '부자 되기'는 많
은 사람의 꿈이 된 것 같습니다. '부자 되기' 쉽지 않은 세상, 부자들의
SNS를 보면서 대리만족을 느끼는 풍토는 비단 어른들만의 것이 아닙
니다. 아이들도 부자를 선망합니다. 그러면서 부자 친구와 가난한 친
구를 구분하는 '선 긋기'를 시작하게 되지요.

『오늘부터 배프! 베프!』에서는 천진한 서진이의 모습을 통해 이러한

갈등을 유쾌하게 보여줍니다. 카드 기계에서 영수증이 나오는 모습을 보면 '잘했어요' 쿠폰을 받는 기분을 느끼고, 부자라는 칭찬 도장을 찍어준다고 생각합니다. 한발 더 나아가 카드 기계는 친구가 카드를 쓸 때마다 '유림이 부자, 유림이네 엄마도 부자, 유림이네 집은 왕 부자.'라고 말한다고 상상합니다. 유림이에게 얻어먹기만 하던 서진이에게도 드디어 카드가 생기는데요, 기대에 부푼 서진이가 맞이한 결과는 냉정한 현실입니다. '아동행복나눔카드'(아동급식카드)는 어디서나 쓸 수 있는 카드가 아니라는 것에 당황한 서진이는 그만 딸꾹질이 납니다. 가벼운 일화 같지만, 서진이의 딸꾹질이 성장하면서 '부자 되기'를 선망하는 청년층의 허탈함이나 분노로 이어질 것 같아서 슬퍼졌습니다. 서진이는 부자인 유림이보다 형편이 비슷한 소리와 친하게 지내는 편이 좋을까요? 사실 서진이가 생각한 부자라는 판단은 사회에서 바라보는 최상위계층에 있지 않습니다. 지극히 개인적이고 상대적인 비교로 내린 판단일 것입니다.

언젠가 형편이 비슷한 친구끼리만 교우관계를 맺는다고 대답한 초등학생이 67.7%나 된다는 설문 결과를 신문에서 보고 놀란 적이 있습니다. 아이들의 대화 속에 부모님의 직업과 거주지, 집 평형 등 경제력에 관한 이야기가 자주 등장하면서 아이들이 "인간관계를 돈으로 따지는" 어른들의 모습을 닮아간다는 내용이었습니다.[8]

서진이가 카드를 쓰면서 '부자 되기'를 상상했던 것은 사회의 이런 모습을 반영합니다. 그리고 유림이의 카드와 본인의 카드가 다름을

---

8) https://www.donga.com/news/Society/article/all/20160105/ 75727092/1

깨닫게 되면서 빈부의 차이와 우정의 선 긋기를 시작하게 되었지요. 바로 비슷한 형편의 배고픔을 함께 할 친구는 '배프', 마음을 나눌 친한 친구는 '베프(베스트 프렌드)'라고요. 이 둘의 영역을 나누면서 서진이의 마음은 괴로워집니다. 좋아하는 친구와 함께 공유할 수 없는 영역이 생긴다는 것은 그만큼 거리감이 생겼다는 뜻이니까요. 하지만 용감하고 낙천적인 서진이는 우정을 위해 사회적 담론이 형성한 선을 넘습니다. 분식집은 아니지만, 편의점 떡볶이와 원 플러스 원 딸기우유로 한턱 쏘고 싶었던 소기의 목적도 달성합니다. 물론 손바닥도 마주쳐야 소리 나는 법, "우리 엄마한테는 비밀이다, 약속."이라는 유림이의 귓속말에 딸려온 뭉클한 감동은 덤입니다.

여기서 유림이가 엄마에게 비밀로 해야 하는 까닭은 무엇일까요? 유림이에게 서진이로부터 무언가를 받지 못하도록 조심시키는 엄마의 모습은 선량하고 배려심 많은 듯 보이지만 '선 긋기'와 '차별'을 하고 있다고 여겨집니다. 서진이의 카드로 밥 뺏어 먹으면 안 된다고 유림이를 혼내고, 서진이가 부탁하지도 않았는데 떡볶이값을 대신 내어주는 유림이 엄마의 태도 속에 '서진이는 경제적으로 무능력하다'는 전제를 깔고 있으니까요. 서진이는 유림이 엄마의 행동에 속상해하며 고마운 마음이 들지 않는다고 생각합니다. 유림이 엄마는 알고 있을까요? 자신의 판단(선 긋기)과 행동(차별)이 '미세한 차별'이라는 것을요. 미세한 차별(microaggression)이란 다른 사람, 특히 집단에서 소외된 사람들에게 자신에 대한 부정적인 생각을 품도록 만드는 일상 속 평가와 행동을 말합니다. 『선량한 차별주의자』[9]에서는 우리가 무심코 저지를

---

9) 김지혜, 『선량한 차별주의자』, 창비, 2019.

지도 모를 차별에 관해 이야기합니다. 경제적 차이뿐만 아니라 나이, 학력, 직업, 출신 지역, 가족 상황, 건강 상태 등 무수히 다양한 기준으로 인해 공동체 속에서 소외된 사람들이 생겨난다는 것이죠. 악의를 품지는 않았지만, 자신의 판단과 행동이 누군가에게 인격적 모욕이나 폭력이 될 수 있다는 사실을 많은 사람이 간과하고 있다고 지적하면서 나를 둘러싼 세계에 관심을 가지고 평등과 존중의 관계를 찾아가려는 노력이 더 가치 있다고 주장합니다.

『오늘부터 배프! 베프!』에서 친구들이 보여준 우정은 빈부의 차이에 따라 사회가 형성한 차별에 대항하는 멋진 선 넘기(위반)이자 스스로 자존감을 높이는 성장입니다. 다시 말해 타인과의 '차이(다름)'를 깨닫게 되더라도 '차별'하지 않는 것이지요. 서진이는 유림이를 베프라고 여기며 좋아하지만, 상대적 빈곤감을 느끼며 힘들어했습니다. 새로 사귄 소리와의 관계에서는 비슷한 형편에 실용적인 도움을 얻으면서도 쉽게 마음을 열고 다가서지 못합니다. 차이를 인식하고 선을 그어버리면 오히려 깊은 우정을 쌓기 어려워짐을 경험한 것입니다. 소리와 밥을 함께 먹으며 쌓인 우정은 마법처럼 소리가 돌보는 어린 길냥이, 소망이에게로 번져가고, 유림이와 소리를 친구로 연결 시켜주면서, 다양한 관계 맺기를 경험하게 되었습니다. 그 안에서 상대적 빈곤감이란 그저 자존감을 무너뜨리는 비교에 지나지 않음을, 물질적 소유가 나 자신이나 친구를 완전히 대신하는 것이 아님을 서서히 알아갑니다. 그리고 자신이 가지고 있는 능력의 범위 안에서 자신의 마음을 표현하고 소통하는 법도 깨달아 갑니다.

서진이의 카드는 물질적 '부자 되기'를 실현해주는 도구는 아니었지만, 친구와 우정을 쌓기는 부족함이 없는 카드였습니다. 자신의 카드를 '잘' 사용하기까지 맘고생과 시행착오들을 겪지만, 마침내 서진이는 멋진 해결을 이루어냅니다. 이 이야기를 읽으면서 나는 과연 내가 지닌 카드의 쓰임, 관계 맺기에 쓰일 수 있는 나의 자질들을 잘 파악하고 있는가 생각해보게 됩니다. 내가 타인과의 관계 속에서 모자람이 있다고 느껴질 때, 그럼에도 불구하고 내가 지닌 자질들을 활용할 방법을 찾아내려 애쓰면, '정서적 부자 되기'에 성큼 다가가는 것임을, 그리고 그런 '부자 되기'를 함께 응원하고 나누는 친구가 있다면 더 큰 에너지를 지닌 관계의 부자가 된다는 것을 『오늘부터 배프! 베프!』는 어린 친구들의 관계 맺기를 통해 야무지게 보여줍니다.

서진이와 소리, 유림이의 우정 전략을 발판 삼아 어른의 관계 맺기를 생각해 봅니다. 새삼 제 주변을 둘러보니 저 자신은 '선 긋기'의 관계 맺기를 하고 있었던 것 같아서 괴로워졌기 때문입니다. 자연스레 형성되었다고 믿어왔던 유유상종(類類相從)의 관계 맺기가 남긴 결과는 안타깝게도 희미한 기억 뒤로 사라져가는 소리와 유림이와 같은 개성 넘치는 친구들입니다. 누군가는 나보다 부자여서, 누군가는 너무 가난해서, 누군가는 공부를 잘하거나 못해서 누군가는 나와 생각이 달라서……. 나와 차이가 난다는 것에 선을 긋고 거리를 두었던 미세한 차별이 점점 저의 입지를 좁히고 있었다는 것을 알지 못했습니다. 저의 잣대로 판단하고 행동했던 친절과 배려의 모습들을 돌이켜보니 유림이 엄마와 비슷해 보였으니까요. 그나마 다행인 것은 서진이를 통해 다시 관계 맺기의 전략을 점검하고 새롭게 구축해 보고 싶은 희망과 설렘이 생긴 것입니다.

저에게 새로운 사람들과의 관계 맺기에 마중물이 되어준 것은 책이었습니다. 책을 통해 소통하는 강사가 되면서 하게 된 독서 모임은 동화의 매력과 함께 읽는 즐거움을 더 깊이 발견하도록 도와주었습니다. 맑은 눈망울을 지닌 아이들부터 백발이 성성한 75세 어르신들, 독서 선생님들과 책을 매개로 관계 맺는 시간은 저를 어제보다 조금 더 자라도록 다독여주었지요. 동화 속의 서진이가 좌충우돌하듯, 서로 다른 관심사를 지닌 사람들이 만나 겪게 되는 경험들은 저의 굳어진 생각들을 되돌아보게 합니다. 가령, 어떤 분은 아동 급식카드와 관련하여 지자체마다 다르게 시행되는 탓에 생기는 문제를 짚어 주었고, 또 어떤 분은 급식카드의 문제점을 알고 이를 도우려는 '착한 식당'의 사례를 공유해주기도 하였습니다. 그런가하면, '차별'이 야기하는 '수치심'과 '혐오'의 문제에 관해 관심을 가지면서 이와 관련된 자기 경험을 풀어놓는 분도 계셨지요. 함께 읽은 책 모임은 서로의 감상을 공유하고 소통하면서 더 나은 방향을 찾아가도록 고민하게 합니다. 그리고 겉모습만으로는 알 수 없었던 소중한 사람들의 매력을 발견하고 마음을 나누면서 느낄 수 있는 행복으로 저를 이끌어 주었습니다.

시인이며 작가인 김소연은 『마음사전』[10]에서 '중요하다' 와 '소중하다'를 관계 속에서 구분합니다. "소중한 존재는 그 자체가 궁극이지만, 중요한 존재는 궁극에 도달하기 위한 방편"일 뿐이라고요. 요즘과 같

---

10) 김소연, 『마음사전』, 마음산책, 2008.

은 부의 시대에 소중한 누군가가 중요한 누군가로 변해버리고, 필요에 의해 소멸할 수도 있는 관계의 위험성을 지적하고 있는데요,『오늘부터 배프! 베프!』에서 서진이가 겪은 갈등은 이러한 관계의 위험성을 잘 보여준다고 생각됩니다. 친구의 역할, 쓰임과 같은 것들을 신뢰하고 중시하면서 진정 소중한 존재와의 관계 맺기에는 소홀해지지 않았나요? 서진이와 친구들이 보여준 관계 맺기 전략으로 진정한 친구 부자가 되어보면 어떨까요?

① 동화 탐색 질문

- 서진이가 내지 못한 떡볶이 값을 대신 내준 친구의 엄마로 인해 미세한 차별을 겪고 부정적인 감정을 느낍니다. 서진이는 왜 그렇게 느꼈을까요?

- 서진이는 배프(배고플 때 함께 하는 친구)와 베프(마음을 나누는 절친한 친구)를 구분합니다. 배프와 같이 목적에 따른 관계 맺기를 지속할 때 발생할 수 있는 문제는 어떤 것이 있을까요?

---

② 에세이 탐색 질문

- 글쓴이는 경제적인 차이 때문에 겪게 되는 관계 맺기에 어려움을 이야기합니다. 나도 겪은 적이 있나요?

- 글쓴이는 물질적 소유가 나를 온전히 대신하지 못함을 강조하면서 '상대적 빈곤감'에 빠지지 않도록 주의할 것을 이야기합니다. 친구 관계에서 '돈'은 어떻게 다루어야 할까요? 친구 관계에서 나는 돈을 어떻게 사용하나요? 혹시 친구의 배려가 부담스러웠던 경험이 있을까요?

- 글쓴이는 관계 맺기를 위한 도구로 경제적 능력에 자신을 가두기보다는 스스로 다양한 자질들을 바탕으로 마음을 나누고 소통하는 '정서적 부자 되기'를 제안합니다. '정서적 부자'가 되기 위해 어떤 노력이 필요할까요?

③ 자아성찰 질문

- 나에게도 베프(베스트 프렌드), 절친이 있나요? 가장 친한 친구가 된 계기나 이유는 무엇인가요?

- 내 주변에 친한 사람들과 나는 서로 어떻게 다른가요? 다름으로 인해 생기는 갈등은 무엇이 있고, 어떻게 해결하면 좋을까요?

- 나에게 친구 관계에서 '선 긋기'(거리두기나 관계 단절)는 주로 무엇에서 발생하나요?

④ 확장 질문

- 사람과의 관계 맺기에서 내 주변 사람들이나 우리 사회가 소중하게 여기는 것은 무엇일까요?

- 동화 속 서진이가 배프나 베프를 구분하듯 우리 사회에 만연해 있는 사회적 계층의 문제와 불평등, 차별의 모습을 생각해봅시다. 흙수저와 금수저로 대표되는 수저계급론처럼 사회적 계층을 구분 짓는 문제에 대해 나는 어떻게 생각하나요?

사색 자료

① 그림책

『폭풍우 치는 밤에』, 기무라 유이치/아베 히로시, 미래엔아이세움, 2005. #배려 #존중

'폭풍우 치는 밤', 천적 관계의 동물이 우연히 만나 서로의 '다름'을 '배려'로 풀어갑니다. 서로 먹고 먹히는 관계이지만, 폭풍우 치는 절체절명의 상황에서 서로 편견 없이 마음을 나누고 친구가 되는 이야기를 통해 선입견과 편견이 지닌 위험성도 발견하게 됩니다.

『프레드릭』, 레오 리오니, 최순희, 시공주니어, 1999. #정체성 #배려

다른 생쥐들이 겨울을 준비하기 위해 일할 때 혼자만의 사색에 잠긴 생쥐 프레드릭. 베짱이를 연상시키는 프레드릭을 친구들은 이해하고 존중해줍니다. 겨울 양식이 다 떨어지고 추위가 이어지자, 프레드릭은 그의 상상력 및 예술적 재능으로 친구들의 마음을 따뜻하게 해줍니다. 배려하는 공동체 속에서 우리는 각자의 정체성을 발견하고 서로 공존할 수 있습니다.

② 동화 / 아동청소년 도서

『절대 딱지』, 최은영/김다정, 개암나무, 2016년 #동화 #주체성 #우정

어른들의 이기심에 대한 아이들의 우정과 반란을 담은 도서입니다. 임대아파트에 사는 아이와는 친구가 되지 말라는 엄마와는 달리, 존재 그 자체로 '성화'를 바라보는 아이의 시선에서 순수한 동심과 어른보다 성숙한 태도를 엿보게 됩니다.

『커피우유와 소보로빵』, 캐롤린 필립스, 푸른숲, 2006. #청소년소설 #불평등 #우정

유색인종이라는 이유만으로 배척과 소외의 대상이 된 외국인 노동자 가족의 애환을 담은 책입니다. 주인공은 친구들과 사회로부터 정신적·육체적 고통을 받지만, 친구와의 우정을 만들어가면서 그러한 갈등을 이겨내고 성장하는 모습을 보여줍니다.

『편의점 가는 기분』, 박영란, 창비, 2016. #청소년소설 #배려 #경제

편의점을 중심으로 외롭고 가난한 도시 변두리에 사는 사람들이 서로를 보듬어 가는 과정을 감동적으로 보여주는 도서입니다. 편의점이라는 공간을 사이에 두고 구도시와 신도시를 가르고 자신의 이익을 위해 애쓰는 사람들의 이기심과 소외되는 사람들의 갈등에 현실의 모습을 비춰보게 됩니다.

『왜 세계의 절반은 굶주리는가』, 장 지글러, 유영미, 갈라파고스, 2016. #경제 #청소년인문 #가난 #구조적문제

세계의 기아와 가난이 사회구조적 문제에서 비롯되었음을 밝히고 있습니다. 저자는 이러한 문제의 해결을 위해 사람들의 의식변화를 촉구하고 있습니다.

③ 성인 도서

『선량한 차별주의자』, 김지혜, 창비, 2019. #사회 #불평등 #존중 #배려

이 책은 일상에서 잘 드러나지 않는 혐오와 차별의 순간들을 다양한 사례를 통해 드러내고 문제를 제기합니다. 어느새 익숙해져 버린 불평등의 세계를 포착한 저자의 이야기에 귀를 기울이면서 우리가 미처 살피지 못한 소수자들과 타인에 대한 존중과 배려에 대해 생각해보는 기회가 될 것입니다.

『정서적 흙수저와 정서적 금수저』, 최성애/조벽, 해냄, 2018. #심리학 #불평등

애착 손상 문제를 사회 구조적인 측면에서 바라본 도서입니다. 경제적으로 풍요로우면서도 정신적으로는 어려움을 겪는 마음의 병이 현대사회에 만연한 사회적 폭력성에서 기인하고 있음을 알려줍니다.

『불평등의 대가』, 조지프 스티글리츠, 이순희, 열린책들, 2020년 #사회 #불평등

불평등이 윤리적인 문제를 야기할 뿐만 아니라, 사회적 효율성마저 떨어뜨린다는 것을 보여줍니다. 불평등은 시장의 힘과 정치적 권모술수가 상호작용하면서 커지고, 상위계층의 이익을 위해 나머지 구성원들이 희생되는 방식으로 이루어진다는 것을 폭로합니다.

④ 기타 매체

<기생충>, 봉준호, 2019. #영화 #사회적불평등 #계층화

가난을 소재로 사회의 구조적 모순과 불평등, 계층화의 문제를 상층 가정과 하층 가정의 만남을 통해 다루고 있습니다. 서로 어울려 살아갈 수 없는 두 가정이 얽히고설킨 관계를 보여주면서 우리 사회가 안고 있는 다양한 계층의 문제에 진지한 질문을 던집니다.

⏣ '간' 문제는 '간'으로!

- 「남주부전」,『제후의 선택』,
김태호/노인경, 문학동네, 2016.
#평등 #주체성

"간 때문이야~. 간 때문이야~"로 시작하는 간 영양제 광고 CM송이 한때 유행했던 적이 있습니다. 축수선수 차두리 씨가 노래를 부르며 보여주는 경쾌하고 재밌는 퍼포먼스는 수많은 패러디를 남기기도 했지요. 여기에서 간(肝)은 우리 몸의 장기를 가리킵니다. 간은 해독작용을 비롯하여 소화 및 호르몬에 관여하면서 다양한 기능을 수행하기 때문에 특히 술자리가 잦은 직장인들에게는 간이 사회생활을 잘하기 위해 지켜야 할 필수 장기가 될 수도 있겠습니다. '제2의 심장'으로 불리기도 하는 간, 특히 사회적 인간으로서 삶을 영위하는 데 중요하다는 것을 선조들도 알고 있었나 봅니다.

간과 관련된 대표적인 고전 작품을 꼽아보자면, 『토끼전』이 있습니다. 용왕의 병을 낫게 하기 위해 토끼의 간이 필요해지자 충직한 신하 별주부가 나서게 되죠. 그는 우여곡절 끝에 토끼를 속이고 용궁으로 데려오지만, 토끼는 꾀를 내어 위기를 모면합니다. 입에서 입으로 전해 내려오는 구술문화의 특성상 뼈대는 비슷하지만, 그 내용은 다양하게 변화된 양상을 보이는데요, 특히『토끼전』은 주제에 따라 다양한 결말로 이야기를 변주해왔습니다.『토끼전』,『토생전』,『토공전』,『별토전』,『별주부전』등 여러 가지로 불린 이야기 제목들에서도 알 수 있지요. 김태호 작가의 단편,「남주부전」도 바로『토끼전』혹은『별주부전』이라는 고전을 비틀어서 다시 쓴 이야기입니다. 원작에서 토끼와 자라, 용왕이라는 인물들을 통해 권력자에 대한 약자의 저항이라는 사회의 부조리를 비판적으로 풍자하고 있다면,「남주부전」이라는 제목에서도 현실의 문제를 반영하고 있을 것이라는 기대를 갖게 합니다.

『별주부전』이라는 제목이 지라를 뜻하는 '별(鼈)'과 벼슬 직책을 뜻하는 '주부(主簿)'를 내세움으로써 생물학적 정체성과 사회적 정체성을 드러내고 있죠? 이와 마찬가지로「남주부전」에서도 남성을 뜻하는 '남(男)'과 집안 살림을 도맡아 하는 '주부(主婦)'라는 말에서 각각이 지칭하는 의미를 떠올려 보게 합니다. 실상 토끼의 역할을 맡은 75년생 토끼띠 아빠는 실직한 가장으로 나옵니다. 돈은 엄마가 벌고 아빠는 집에서 주부의 역할을 하는 것이죠. 아들에게 맛있는 음식을 해주기 위해 장을 보고, 음식도 만들지만, 무임금의 그림자 노동을 하기에 무능력한 가장, 혹은 가장의 능력을 상실한 아버지처럼 묘사됩니다. 그런 그에게 정수기 회사 구영생 과장은 구직을 미끼로 아빠를 유혹하게 되는데요, 옆에서 지켜보던 아들은 "부산 사나이"로 태어나 "날마다 밥만" 짓고 있는 아빠가 사실 싫었다고 고백하면서 적극적으로 구직을 응원합니다.

저는 이 부분에서 울컥 화가 치밀어 오르더군요. 엄연히 '전업주부'라는 말도 있지만, 아직 우리 사회는 전업주부를 당당한 직업군의 하나로 인정하지 않는다는 것을 아들인 담의 솔직한 고백을 통해 다시 한 번 확인하게 되었으니까요. 사람은 두 가지 성을 가지고 있다고 합니다. 바로 생물학적인 성(sex)과 사회문화적 맥락 안에서의 성(gender)이 그것입니다. 타고난 성(sex)이 지닌 기질은 고정된 것이라면, 후자인 젠더는 사회·문화적 맥락 속에서 규범화되고 변화될 수 있습니다. "부산 사나이"로 대표되는 '남자다움'이 대체 무엇이기에 '집에서 밥 짓는 아빠'가 싫어지는 것일까요? 지금 아빠가 하는 일이 싫어지는 이유가 남자답지 않아서라면, 그 자리에 있어야 할 사람은 여자인가요? 여자라서 육아와 가사노동으로 대표되는 그림자 노동이 당연시되어야하는 걸까요?

2019년에 개봉한 영화, 〈82년생 김지영〉은 '지금, 여기'에서 누군가의 '딸이자 엄마, 아내'로 살아가는 여성들의 공감을 끌어낸 작품으로 큰 주목을 받았습니다. 이 작품의 주인공 김지영은 가부장적인 사회속에서 강요되고 내면화된 여성성으로 고통 받는 인물입니다. 평범을 가장한 차별은 주인공의 성장에 상처를 남기고, 출산 후 경력 단절과 육아, 가사노동에 지친 지영은 극심한 우울증을 앓게 됩니다. 평범을 가장한 차별이란 이미 생성된 사회적 조건이 자신에게는 불리해서 겪게 되는 장벽들을 가리키는 말이고, 지영의 병은 거기에서 비롯됩니다. 자신이 겪는 불합리함을 자기 자신이 아닌 여성들(어머니, 할머니 등)로 '빙의'해서야 비로소 토로할 수 있는 그녀의 억울함이 현실 속 수많은 '지영'과 겹쳐져 복잡한 기분이 들었습니다.

그녀가 자신의 병을 더 이상 숨길 수 없는 지경에 이른 지점은 명절의 시댁에서입니다. 시댁에 이어 친정으로 가려던 지영이 뒤늦게 도착한 시누 때문에 떠나지 못하는 상황이 되자 자기 친정어머니로 빙의됩니다. "며느리도 친정에 빨리 보내줘야 쉴 수 있다."라고 말하는 장면, 기억하시나요? 매년 명절 때마다 대한민국 며느리들이 단체로 앓는다는 '명절증후군'이 떠오릅니다. 예전에 비하면 많이 좋아졌다지만 며느리를 위시하여 여성들에게 집중되는 명절 가사노동의 편향성은 아직도 여전하지요. 저 역시 명절에 집안일을 도와주려는 남편을 말리던 어른들의 말씀에 부당하고 억울하다 느끼면서도 차마 표현하지 못하고 속으로만 삭였던 기억이 납니다.

불평등과 차별의 당사자 반대편에는 사회에 마련된 온갖 혜택을 향유하는 자가 존재합니다. 사회적 혜택이라 하면, 소위 특권층이라 불리는 일부 정치인이나 재벌만 누리는 혜택을 떠올리기 쉽지만, 그것은 협소한 해석에 지나지 않습니다. 캐럴라인 크리아도 페레스는 …『보이지 않는 여자들』에서 남성중심사회의 문제를 편향된 데이터 사례들을 통해 입증합니다. 사회적 불평등과 불합리를 감추는 가장 좋은 방법은 사회적 표준(디폴트 값)을 특정 집단에 유리하게 설정하는 것인데요. 가령, 구글의 음성 인식시스템은 여성보다 남성일 때 인식률이 70%나 높아집니다. 문제는 비단 사소한 일상의 편리함에만 국한된 것이 아닙니다. 심장마비의 진단과 치료에 있어 남성 중심의 데이터로 인해 여성 환자의 골든타임을 놓치는 경우가 더 많다는 사실, 알고 있었나요? 이처럼 편향된 사회구조가 안고 있는 보이지 않는 차별의 문제는 세상의 절반인 여성들의 목숨을 위협하는 문제로까지 확대될 수 있음을 폭로합니다. [11]

그렇다면 남성들은 어떤가요? 사회학자 레닌 코넬은 『남성성/들』에서 일부 권력을 가진 남성들로 인해 집단 속 불평등이 야기되는 헤게모니적 남성성을 언급합니다. [12]

남성 또한 사회 제도적으로 규범화된 남성성으로 인해, "자고로 남자는 ~해야 한다"는 요구를 받게 되고, 이에 부합하지 못하게 될 때, "남자가 남자답지 못하다"는 낙인찍기 또는 주변부로 소외되는 상황에 처하는 것입니다. 다시 이야기 속으로 돌아가 볼까요? 영화 속 지영과 「남주부전」의 아빠가 겪게 된 차별이란 다름 아닌 사회의 통념 속에서 평범을 가장한 차별이고, 우리는 그들을 통해 사회가 정한 평범의 범주를 벗어나 생기는 일상의 장벽들과 마주하게 됩니다.

그들은 이 문제를 어떻게 해결할까요? 영화 속에 지영이 돌파구를 찾아 정신과 치료를 받고, 작가가 되려는 꿈을 이루려는 시도로 열린 결말을 보여주었다면, 「남주부전」은 유쾌하고 통쾌하게 상황을 전복시킵니다. '간'을 통해서요. 이 소설에서 '간'은 여러 의미로 해석됩니다. 제가 생각하는 첫 번째 간의 의미는 사회적 인간이 되기 위해 '너

---

11) 캐럴라인 크리아도 페레스, 황가한 역, 『보이지 않는 여자들』, 웅진지식하우스, 2020.
12) 레윈 코넬, 안상욱·현민 옮김, 『남성성/들』, 이매진, 2013.

의 '간'을 희생해도 된다.'는 우리의 몸입니다. 간이 사회적 동물인 인간에게 인간에게 중요한 장기임에 주목하게 됩니다. 사회에서 요구하는 '간'이란, 불합리하고 불평등한 노동으로 병들거나 희생되더라도 사회가 정한 시스템에 맞추어 살아갈 것을 강요받는 우리의 몸입니다. 「남주부전」의 모태가 되는『토끼전』에서도 권력을 지닌 용왕은 민중으로 대표되는 토끼의 '간'이 자신을 위해 희생되어야 마땅하다고 당당히 요구합니다.

사회적 요구, 평범함의 범주에서 벗어나 있던 「남주부전」의 아빠는 사회적 '간(肝)'의 문제를 '간'으로 멋지게 해결합니다. 여기서 제가 생각한 두 번째 의미의 '간'이 등장합니다. 바로 간을 맞추는 일, 주부로서 요리의 완성이라 할 수 있는 '간 맞추기' 시험에 통과하는 것입니다. 어려운 때일수록 누군가 손을 내밀어 준다면 더욱 힘이 나겠죠? 아빠의 '간(肝)'을 위해 아들인 '담(膽)'이 함께 합니다. 간담상조(肝膽相照)가 떠오르면서 이 부분이 참 의미심장하게 느껴졌는데요, 현대판 용왕인 용 사장에게 아빠를 빼앗길 뻔했던 이유가 '간' 때문이지만, 부자간의 협력으로 요리의 '간'을 잘 맞추어 문제를 해결합니다. 사회가 정한 편향된 시스템을 조정하는 '간 맞추기'로 보입니다. 그뿐인가요, 아빠의 능력을 인정한 용 사장의 스카우트 제안을 당당히 거절하고, 유유히 가정으로 '주부'로 돌아가는 아빠와 그것을 자랑스럽게 여기게 되는 아들 '담'의 변화된 모습은 남성에게 어울리는 것과 여성에게 어울리는 것을 구분하는 성역할 문제를 해결할 실마리를 보여주는 듯합니다. 사회가 만들어낸 성 고정 관념을 벗어나기 위한 소소한 행동들을 실천해 보는 것이지요. 남성인 아빠와 담이 함께 요리했던 것처럼 말입니다.

마지막으로 「남주부전」에서 별주부의 역할을 맡았던 구영생 과장의 모습은 다소 비장하게 다가옵니다. 구차하게도 그는 영생을 욕망하는 용 사장에게 온갖 정성을 다해 충성하지만, '간 맞추기'에 거듭 실패하죠. 그의 모습은 사회적 통념에 갇혀 주체성을 잃은 인물의 비참한 말로를 엿보는 듯합니다. 세상의 잣대에 휘둘려 자신을 돌보지 못한 안타까운 남성의 자화상처럼 보이니까요. 사회적 인정보다 자기 행복을 선택한 아빠와 담, 그들의 연대와 상생을 지켜보며 깊이 머리를 숙이고 마는 구과장의 모습은 크게 대조를 이룹니다. 최근 우리 주변에는 자녀를 돌보고 살림하는 아빠, 자기 모습을 가꾸는 일에 아낌없이 자기 돈과 시간을 투자하는 남성의 모습을 여러 매체를 통해 볼 수가 있는데요, 이는 전통적인 남성성, 성에 대한 고정관념이 변화되고 있다는 좋은 징조로 여겨집니다. 성별과 관계없이 자신에게 어울리는 삶을 선택할 자유와 기회가 허용되는 사회를 위해서 다양하고 적극적인 '간 맞추기'가 시도되면 좋겠습니다.

① 동화 탐색 질문

• 「남주부전」은 『별주부전』을 김태호 작가만의 상상력으로 패러디한 글입니다. 이처럼 우리 고전을 새롭게 비틀어 쓴 이야기 중에 기억에 남는 것이 있나요?

• 작가가 「남주부전」이라고 제목을 붙인 의도는 무엇일까요?

----

② 에세이 탐색 질문

• 글쓴이가 제기한 문제인 남자가 주부 역할을 하는 것에 대해 어떻게 생각하나요? 내가 여성과 남성에 대해 가지고 있는 고정관념으로는 어떤 것이 있나요? (예: 남자는 울면 안 된다. 여자는 다소곳해야 한다 등)

• 글쓴이는 우리 몸의 필수 장기인 '간'을 지키는 일이 곧 우리 자신을 지키는 일이고, 동화 속 '간' 맞추기에 주목하면서 사회적 존재로서 삶의 균형을 맞추는 일이 중요함을 이야기합니다. 간을 잘 맞추기 위해 동화에서 보여준 연대 이외에도 도움이 될 만한 것은 무엇이 있을까요?

----

③ 자아성찰 질문

- 간호사나 유치원 교사 등 돌봄과 관련된 직업은 여성에게, 경찰관이나 소방관처럼 위험이 따르는 직업은 남성에게 더 적합하다는 시선처럼, 사회가 정한 성역할로 인해 부정적인 감정을 느낀 적이 있다면 공유해볼까요? 만약, 성에 대한 고정관념이 바뀌어야 한다고 생각한다면, 내가 생각하는 성평등은 어떤 모습일까요?

- 부모나 어른으로서 아이들에게 성역할에 어울리는 삶을 권해본 적이 있나요? 또는 축구를 좋아하는 여자아이에게 축구공을 선물해주고 권하는 것처럼, 주체적이고 나다운 삶을 선택할 자유와 기회를 제공하고 있나요?

- 나의 부모님과 지인들에게 기존의 성 고정관념과는 다른 모습을 발견한 적이 있었는지 떠올려봅시다. 가령 음식 만들기를 좋아하는 아빠의 모습, 전자기기를 잘 다루고 고치는 엄마의 모습처럼, 기존에 가지고 있는 성역할과 다른 모습을 발견할 때 나의 반응은 어떤가요?

----

④ 확장 질문

- 베이비부머 세대, X 세대, M 세대, Z 세대 등의 세대 구분은 '공통된 경험을 통해 이전 세대와 차별화되는 고유한 특징을 갖게 된다'는 전제에서 비롯된 구분입니다. 세대별로 바라보는 성역할에도 차이가 있을까요? 그것에 대해 나는 어떻게 생각하나요?

• 사회가 정한 어떤 기준을 벗어나 주체적으로 나답게 살아가는 삶은 어떤 모습일까요?

• 성별에 관계없이 자신에게 어울리는 삶을 선택하는 사회가 되려면, 지금 우리 사회는 어떤 부분부터 고쳐나가야 할까요?

사색 자료

① 그림책

『인어를 믿나요?』, 제시카 러브, 김지은, 웅진주니어, 2019. #평등 #주체성 #배려

인어가 되고 싶은 소년과 독특한 소망을 지닌 그를 지지해 주는 할머니의 사랑이 감동적인 그림책입니다. 소년에게 말없이 진주목걸이를 건네는 할머니의 손길에서 존중과 사랑의 가치가 따뜻하게 전해집니다.

『종이 봉지 공주』, 로버트 문치/마이클 마첸코, 김태희, 비룡소, 1998. #옛이야기패러디 #평등 #주체성

페미니즘의 시각에서 『돼지치기 소년』을 패러디한 그림책입니다. 용에게 잡혀간 왕자를 구해주는 공주가 당당하게 자기 삶을 결정하고 선택하는 모습에서 성역할이나 고정관념에 얽매이지 않고 주체적으로 나다운 삶을 살아가는 것에 대해 생각해보게 합니다.

② 동화 / 아동청소년 도서

『아빠가 나타났다』, 이송현/양정아, 문학과지성사, 2009. #동화 #주체성 #존중

'춤 선생' 아빠는 세상의 잣대에 휘둘리지 않고, 자신만의 삶을 정성스럽게 꾸려나갑니다. 열두 살 아들은 그런 아빠가 부끄러웠지만, 춤을 계기로 아빠와의 갈등을 유쾌하게 해결해 가면서 성장하는 모습을 보여줍니다.

『소리질러, 운동장』, 진형민/이한솔, 창비, 2015. #동화 #평등 #주체성

바른말을 해서, 여자라는 이유로 야구부에서 쫓겨난 등장인물들이 막야구를 만들어 즐기는 이야기를 통해 평등과 주체성에 대해 생각해보게 합니다. 세상이 '기울어진 운동장'임을 증명하듯, 운동장에서 막야구를 몰아내려는 야구부 감독에게 굴하지 않고 버텨내는 막야구부의 활약이 감동적입니다.

③ 성인 도서

『옛이야기의 힘』, 신동흔, 나무의철학, 2020. #옛이야기패러디 #치유 #성장

모든 이야기의 원형이 되는 옛이야기들을 소개합니다. 그림 형제 민담에서부터 우리의 고전 설화까지 옛이야기들이 품고 있는 지혜와 원형을 만나면 패러디 창작과 이해는 더욱 쉬워질 것입니다.

『남성성/들』, 레윈 코넬, 안상욱·현민, 이매진, 2013. #사회 #평등 #주체성

젠더의 문제를 남성의 시각에서 바라봅니다. 특히 '헤게모니적 남성성'으로 인해 소외되고 배척되는 남성들의 이야기에 진정한 성정체성은 무엇인가 생각해보게 합니다.

④ 기타 매체

<82년생 김지영>, 김도영, 2019. #영화 #평등 #주체성

조남주 작가의 『82년생 김지영』을 원작으로 한 영화입니다. 한국 사회를 살아가는 평범한 여성 주인공이 사회적 불평등과 모순으로 인해 고통 받는 현실을 잘 그려내어 많은 사람의 공감을 끌어낸 작품입니다.

<빌리 엘리어트>, 스티븐 달드리, 2000. #영화 #평등 #주체성

발레를 하고 싶어 하는 탄광촌 소년이 아버지의 극심한 반대에도 불구하고 자신의 꿈을 이루어가는 모습을 담고 있습니다. 동명의 뮤지컬 공연과 소설을 비교하며 함께 감상해 보아도 좋습니다.

<수궁가>, 왕기석, 2021. #판소리공연 #풍자

토끼와 용왕, 별주부와 같은 인물을 통해 19 세기 조선 후기의 사회상을 풍자하는 내용을 우화 형식으로 담은 판소리입니다. 왕기석의 박초월제 수궁가는 약성가부터 용왕의 탄식, 수궁 신하들이 들어오는 대목을 노래하고 있습니다. (하단 링크참고)

https://www.igbf.kr/gugak_web/?sub_num=782&state=view&idx=197466&aPageNo=1&bcid=641

<범 내려 온다>, 이날치프로젝트, 2020. #음악공연 #풍자

판소리 <수궁가>의 한 대목을 현대적인 공연 안무와 밴드음악을 접목해 대중들의 반향을 일으킨 작품입니다. 전통이나 오래된 관습을 벗어나 새로운 대중음악으로 재탄생시킨 이날치의 신명 나는 공연을 전통 수궁가와 비교해서 보시길 추천합니다. (하단 링크참고)

https://www.ebs.co.kr/space/broadcast/11017/player?lectId=60107426

자신의 '바다'를 향한 작은 별의 연대

- 『긴긴밤』, 루리, 문학동네, 2021.

#연대 #도약

    무언가 풀리지 않는 문제로 밤을 지새운 적이 있나요? 눈앞이 캄캄하고 아득하게만 느껴지는 긴긴밤, 그 시간이 너무나 괴롭고 끝나지 않을 것 같아 무력감에 빠지기 쉽습니다. 그 순간 나는 아무것도 아닌 무명의 존재처럼 하찮게 여겨지는데요, 여기 그런 상황에 놓인 동물들의 이야기가 있습니다. 그런데 신기하게도 '버려진 작은 알'에 불과했던 『긴긴밤』의 화자는 이름이 필요 없다고 당당히 말합니다. 속된 말로 '찐 무명(眞無名)'이 들려주는 이야기 속에 긴긴밤을 밝혀주는 별들의 비밀이 밝혀진다면 믿어질까요?

    '찐 무명' 펭귄이 들려주는 아버지들의 이야기는 밤하늘 별자리의 이야기만큼 감동적이고 흥미진진합니다. 어쩌면 작가는 '아버지들의 이야기'에서 삶의 동반자가 되어준 우리 곁의 북극성, 작지만 빛나는 별들이 우리 주변에서 반짝이고 있음을 알려주는 것은 아닐까 짐작해봅니다. 이 글을 통해 나누고자 하는 키워드는 '함께하기, 연대'에 관한 것인데요, 『긴긴밤』은 "작은 알 하나에 모든 것을 걸었던" 아버지들의 이야기, 다름 아닌 성장과 연대의 기록입니다. 연대가 왜 중요할까요. 내가 하찮은 존재라 느껴질 만큼 세상이 나를 힘들게 할 때, 누군가 애정을 가지고 함께한다는 것은 우리에게 세상 너머를 볼 수 있게 해주는 디딤돌이자 동반성장이 가능하도록 자신의 어깨를 타인에게 내어주는 일이기 때문입니다. 『긴긴밤』의 화자인 펭귄은 버려진 작은 알에 불과했습니다. 세상에 태어나는 일조차 쉽지 않았던 그를 세상에 존재하도록 돕고 키워낸 이는 놀랍게도 어머니가 아닙니다. 바로 '아버지들'입니다. 캄캄한 긴긴밤을 아름답게 수놓은 밤하늘의 별처럼, 모질고 험한 세상에서 겨우 살아남은 아버지들은 서로 함께하면서 어린 펭귄을 세상으로 이끌고 더불어 성장합니다.

성장에 있어 연대란 서로가 밤하늘의 북극성이 되어 자신들의 '바다'를 향해 나아가는 일입니다. 북극성(北極星, pole star)은 방향성을 잃은 여행자에게 길잡이가 되는 중요한 별이지요. 『긴긴밤』을 들려주는 화자에게 아버지들은 그런 존재였습니다. 그런데 아시나요. 북극성은 중요한 기능을 하는 별임에도 불구하고 별자리로 자리매김하지 못했다는 사실을. 그리고 가장 밝은 별, 1등성이 아닌 2등성의 별이지요. 밝기의 서열에서도 밀리는 것을 보면 북극성은 사실 화려하게 반짝이는 별천지(別天地) 속에서 '별 볼 일 없는' 그저 그런 존재인지도 모르겠습니다. 그런 북극성을 바라보며 인류의 모험가들은 태평양과 인도양, 대서양을 넘나들며 탐험했다는 사실이 눈길을 끕니다. 『긴긴밤』 속에 등장한 노든과 펭귄도 자신들의 '바다'를 찾아가며 함께 성장하지요. 어린 펭귄을 도왔던 아버지들에겐 북극성처럼 이름이 있었습니다. 특히 노든은 '지구상에 단 한 마리 살아남은 흰 바위 코뿔소'였기에 죽는 순간까지 인간의 각별한 관심을 받습니다. 그럼에도 불구하고 북극성이 작은곰자리의 일부, 작은 별 하나에 지나지 않듯, 그는 동물원의 동물들 가운데 하나일 뿐입니다.

노든의 가장 오래된 기억은 '코끼리 코'에서 시작됩니다. 그가 코끼리 고아원에서 자랐기 때문인데, 코뿔소가 코끼리들 틈에서 자란다는 설정이 흥미롭습니다. 코끼리와 코뿔소는 코에 자신의 정체성을 드러낸다는 특징을 지닙니다. 이질적인 낯선 무리 속, 친부모의 사랑조차 받을 수 없는 상황에서 어린 코뿔소는 잘 자랄 수 있을까요? 다행히 노든의 첫 가족이 되어준 긴 코의 코끼리들은 매우 지혜롭고 다정합니다. 코끼리와는 달리 코가 자라지 않는 노든에게 "코가 자라지 않는 것은 큰 문제가 아니"라며 편견 없이 대해주니까요. 또한 자기 스스로에 대한 호기심, 바깥세상에 대해 궁금함을 숨기고 코끼리 고아원에 안주하려 할 때, "우리가 너를 만나서 다행이었던 것처럼, 바깥세상에 있을 또 다른 누군가도 너를 만나서 다행이라고 여기게 될 거"라고 하죠. "훌륭한 코끼리가 되었으니, 이제 훌륭한 코뿔소가 되는 일만 남았"다는 말로 응원과 용기를 북돋아 주며 멋지게 이별하는 장면은 절로 감탄이 나옵니다. 세상에 이런 고아원이 또 있을까요.

이 장면에서 아프리카의 협력 육아를 떠올렸습니다. 아프리카에는 한 아이를 키우려면 온 마을이 필요하다는 말이 전해진다고 하지요. 인류학자이자 영장류학자인 세라 블래퍼 허디는『어머니, 그리고 다른 사람들』에서 아이를 키우는데 왜 온 마을이 필요한지 이야기합니다. 그에 따르면, 인간은 다른 영장류와 달리 협동 번식, 돌봄 공유라는 새로운 양육 방식을 통해 진화사에 있어 남다른 성취를 이루었다고 주장합니다. 다시 말해, 다른 사람의 마음을 읽고, 공감하며 협력하는 태도, 나눔과 같은 '상호 이해(Mutual Understanding)'는 어머니가 아닌 사람들(대행 부모)과 함께 키워가고 돌봄으로써 형성된다는 것입니다. 노든이 코뿔소가 아닌 지혜로운 코끼리들 틈에서 훌륭한 유년기를 보낸 것처럼요.

노든의 유년 시절, 코끼리 고아원은 연대의 자궁과도 같습니다. 그곳에서 만난 코끼리들은 강한 힘을 지녔지만, 자신의 힘을 공생을 위해 쓸 줄 알았고, 생명의 소중함을 어떻게 지키고 어울려 살아야 하는지 가르쳐주었습니다. 지혜로운 코끼리 할머니는 노든의 눈에서 바깥 세상을 향한 호기심을 읽어냈고, 그의 마음에 공감하며, 용기를 낼 수 있도록 도와줍니다. 모성보다 연륜 있는 할머니의 역할이 육아에 있어 경험과 학습에 더 중요함은 앞서 언급했던 허디의 책에서도 주목한 부분이었습니다. 코끼리 고아원을 이끄는 할머니가 보여준 따뜻한 배려와 존중, 통찰의 모습은 나중에 노든이 아버지로서 펭귄에게 보여준 모습과 맞닿아 있습니다.

코뿔소의 세상을 향해 나아갔던 노든은 인간에 의해 사랑하는 가족을 잃고 동물원으로 가게 됩니다. 동물원 '파라다이스'는 이름과는 달리 노든에게 감옥과 같았지요. 무서운 꿈을 꿀까 봐 잠들지 못하는 긴 긴밤, 새로운 가족이 되어준 앙가부는 이야기를 권합니다. 그리고 코끼리들, 아내와 딸에 대한 좋았던 추억들을 이야기로 풀어놓으면서 노든은 악몽에서 벗어나게 됩니다. 불행히도 앙가부는 뿔 사냥꾼에 의해 죽임을 당하지만, 다시 혼자가 되어 남겨진 노든에게는 치쿠가 나타납니다. 펭귄 치쿠는 윔보와 버려진 알을 부화시키기 위해 돌보고 있었습니다. 알을 만나기 전에도 윔보는 몸이 불편한 치쿠를 늘 배려하고 가까이에서 함께 해 왔습니다. 마치 "눈이 보이지 않으면 눈이 보이는 코끼리와 맞닿아 걸으면 되듯" 그들은 그렇게 함께 살아온 것입니다. 모두가 불길하다며 품지 않으려던 검은 점박이 알을 거두어 돌보는 일에도 기꺼이 나섭니다.

코끼리들이 어린 코뿔소 노든과 함께해주고, 다시 혼자 나선 노든을 아내가 함께하고, 또다시 혼자가 되었을 때 앙가부와 함께 한 것처럼, 연대의 끈은 윔보와 치쿠에게 그리고 노든과 치쿠, 그리고 펭귄에게 계속해서 이어집니다. 꼬리에 꼬리를 물고 이어지는 연대의 미는 펭귄이 알을 깨고 나왔을 때, 줄탁동시(啐啄同時)의 세계로 보입니다. 병아리가 알을 깨고 나올 때 어미 닭이 그 신호를 알고 밖에서 함께 쪼아주어 생명의 탄생을 맞이하는 것처럼, 노든은 "한 존재가 다른 존재에게 해 줄 수 있는 모든 것을" 주었기에 함께하는 '연대'가 만들어 낸 기적을 맛본 것입니다.

아버지들의 연대 속에서 성장한 펭귄은 자신의 바다를 향해 나아갑니다. 기존의 세계를 넘어선 세계로의 도약, 자기 스스로 거듭나기 위해 "더러운 웅덩이 속에 반짝이는" 북극성에 기대어 그렇게 살아가고, 결국 살아남았습니다. 북극성과 관련된 이야기에서 가장 인상적인 것은 북극성이 고정된 실체가 아니라 변한다는 것입니다. 노든이 삶의 여정에서 코끼리 할머니 - 그의 아내 - 앙가부 - 치쿠와 연대하면서, 성장의 순간마다 서로에게 반짝이는 북극성이 되어 주듯 말이죠. 자신이 만난 이들과 연대하고 그들을 북극성처럼 길잡이로 삼아 자신의 바다를 찾아낸 노든처럼, 자신의 바다를 찾아 나선 어린 펭귄도 누군가의 북극성이 되어 주며 더불어 살아가겠지요?

얼마 전 뉴스에서 만난 미담[13]이 떠오릅니다. 4.16 세월호 참사에 기적적으로 살아남은 생존자와 유가족들의 소식인데요, 세월호 생존자 75명 중 대부분은 자신의 진로를 수정하여 응급구조사, 경찰, 간호사, 사회복지사, 심리상담사 등 남을 돕는 직업을 선택했고, 유가족들 역시 재난구호 활동이나 봉사활동에 적극적으로 동참하고 있다는 소식이었습니다. 특히 기자와의 인터뷰에서 세월호 참사 유가족들이 재난에 관한 공부를 열심히 하면서 비슷하게 어려움을 겪는 사람들 곁에서 이야기를 들어주고, 손잡아 주고 싶다는 말에 뭉클한 감동을 받았습니다. 이는 자신의 고통에만 머물지 않고 다른 이들의 고통에 공감하면서, 함께하는 연대를 통해 자신의 상처를 이겨내고 성장하려는 모습으로 보였기 때문입니다.

사람마다 그려가는 삶의 모습은 다양하지요. 삶 속에서 부정적인 경

---

13) https://imnews.imbc.com/replay/2022/nwdesk/article/6359947_35744.html

험의 순간과 고통의 깊이는 달라도 사람이라면 누구나 필연적으로 긴 긴밤과 같은 고통의 순간을 마주하게 됩니다. 노든도 자기 가족을 모두 잃고 기적적으로 홀로 살아남았지만, 자신과 아무 상관없던 어린 펭귄이 잘 성장할 수 있도록 함께하고 서로 도와주면서 본인의 삶에 대한 방향성도 잡아갑니다. 연대의 기적은 혼자만의 성장이나 성취가 아니기에 더욱 귀한 가치라는 생각이 들었습니다. 저마다 찾아오는 삶의 고통의 순간, 노든과 무명의 펭귄처럼 더 나은 삶을 향해 서로를 보듬고 함께 나아가는 연대를 택한다면, 고통과 아픔이 진주와 같은 보석이 되는 기적과 마주하게 되지 않을까요?

① 동화 탐색 질문

• 노든은 불안과 분노 등 부정적 감정으로 인해 악몽을 꿀까 봐 두려워 잠을 이루지 못합니다. 쉽게 잠들지 못하는 긴긴밤은 무엇을 의미할까요?

• 코뿔소 노든은 동물원에서 남은 삶을 다하고, 펭귄은 자신만의 바다를 찾아갑니다. 이 책에서 '바다'는 무엇을 의미할까요?

• 동화의 에필로그를 대신하는 그림 중에 인상적인 그림이 있나요? 전체 그림 중에 나에게 가장 와 닿았던 그림은 무엇이었나요?

-----

② 에세이 탐색 질문

• 글쓴이는 코끼리들과 노든, 윔보, 치쿠로 이어지는 연대를 북극성에 비유합니다. 내가 살아가는 데 있어 북극성처럼 나의 바다로 나를 인도해주는 존재가 있나요?

• 글쓴이는 세월호 유가족들이 아픔을 지닌 사람들을 돕고 연대하면서 고통을 성장으로 극복해 가는 미담을 이야기합니다. 나의 상처를 극복하거나, 이를 통해 성장한 경험이 있나요? 나는 지금, 누군가와 함께 성장해가고 있을까요?

-----

③ 자아성찰 질문

• 노든과 펭귄이 서로 이별하면서 각자의 바다를 향해 나아가는 장면은 내가 마땅히 있어야 할 공간, 나에게 적합한 환경에 대해 생각해보게 합니다. 나만의 바다, 나의 공간은 어떤 곳인가요?

• 긴긴밤처럼 아프고 고통스러운 시간, 상처로 보내야 했나요, 아니면 상처를 딛고 성장하는 경험을 선택했나요? 이러한 선택의 차이는 어디에서 오나요? 긴긴밤이 나에게 주는 의미나 가치는 무엇인가요?

• 노든이 코뿔소가 아닌 코끼리 고아원에서 가족과 같은 애정 속에 잘 성장할 수 있었던 것처럼, 나에게 가족은 아니지만 가족과 같은 사람이 있을까요?

----

④ 확장 질문

• 사회에서 마주하게 되는 어려움을 연대를 통해 해결하려는 모임(단체)를 알고 있나요? 우리 사회에는 어떤 연대가 필요할까요? 함께 보내는 긴긴밤이 의미 있는 까닭은 무엇일까요?

• 연대가 오히려 집단 이기주의나 다른 문제를 초래하지는 않는지 생각해봅시다.

사색 자료

① 그림책

『기찬 딸』, 김진완/김효은, 시공주니어, 2011. #연대 #존재

'많을 다', '은혜 혜'라는 이름을 가진 다혜(多惠) 씨는 추운 겨울 기차 안이라는 열악한 환경에서, 여러 사람들의 도움과 축복으로 태어납니다. 여러 사람의 은혜로 태어난 아이, 그것은 우리 모두를 일컫는 말이면서, 서로 이어져 있음에 대해 다시 생각해보게 만드는 말입니다.

『대단한 무엇』, 다비드 칼리/미겔 탕코, 김경연, 문학동네, 2019.. #주체성 #돌봄

이 책은 벽을 따라 길게 이어진 가문의 위대한 인물사진을 보며 부자간에 나누는 이야기를 담고 있습니다. 플랩 형식으로 만들어진 책의 오른쪽 면을 펼치면 대단함의 진실이 무엇인지를 위트있게 담아낸 통찰이 돋보입니다.

② 동화 / 아동청소년 도서

『나는 뻐꾸기다』, 김혜연/장연주, 비룡소, 2009. #동화 #다양성 #주체성 #공존

외삼촌댁에 얹혀 사는 동재가 가족을 미국으로 보낸 옆집 아저씨와의 교류를 통해 부모를 찾고 자기의 정체성도 찾아가는 이야기입니다. 뻐꾸기와 기러기로 상징되는 두 사람은 나이와 환경의 차이를 넘어서 연민과 공감으로 서로의 삶을 지탱해 줍니다.

『마당을 나온 암탉』, 황선미/김환영, 사계절, 2000. #동화 #연대 #주체성 #사랑

2000년 첫 출간 이후 아동에서 성인에 이르기까지 다양한 독자들의 사랑을 받은 황선미 작가의 대표작입니다. 양계장을 나와 어려운 고비를 넘기면서도 오리 알을 품고 생명을 키워내며 자신의 꿈을 펼쳐낸 잎싹의 삶을 통해 꿈과 사랑, 자유에 관한 다양한 질문들을 품게 됩니다.

『푸른 사자 와니니』, 이현/오윤화, 창비, 2019. #동화 #연대 #성장 #용기

무리에서 쓸모없는 사자로 여겨져 쫓겨난 와니니가 자신만의 무리를 만들고 서로 연대하며 성장하는 과정이 멋지게 그려진 동화입니다. 떠돌이 사자들과 무리를 이루어 힘든 고비들을 이겨내며 멋진 암사자로 성장하는 와니니 무리의 모습에서 동반성장의 진정한 의미를 되새겨보게 됩니다.

『갈매기에게 나는 법을 알려준 고양이』, 루이스 세풀베다, 유왕무, 이억배, 바다출판사, 2021. #동화 #연대 #사랑

고양이 소르바스가 어미를 잃은 갈매기를 돌보는 이야기가 감동적으로 펼쳐집니다. 서로 다른 존재에 대해 애정을 품고 연대하는 모습에서 생명의 다양성이 하나로 이어져 있음에 대해 생각하게 합니다.

『알로하 나의 엄마들』, 이금이, 창비, 2020. #청소년소설 #연대 #주체성

일제 강점기, 사진 신부로 하와이에 정착한 여성들의 연대와 사랑을 보여줍니다. 하와이 이민 1세대의 여성들이 그들에게 닥친 삶의 파도를 연대와 인내, 배려와 조화를 이루며 헤쳐 나가는 모습이 감동적으로 다가옵니다.

③ 성인 도서

『어서오세요, 휴남동 서점입니다』, 황보름, 클레이하우스, 2022. #연대 #주체성

서점을 거점으로 새로운 관계를 형성하게 되는 이야기입니다. 자립하려 애쓰는 등장인물을 통해 적당한 거리를 유지하면서 서로를 도와주는 연대에 대해 생각하게 합니다.

『아버지, 그리운 당신』, 곽효환/최동호, 서정시학, 2009. #에세이 #아버지 #존재

우리 문학계를 대표하는 문인들이 아버지를 떠올리며 쓴 에세이 모음집입니다. 다양한 작가들의 글을 통해 '아버지'가 이루어낸 사회적 성취를 떠나 존재 자체로서 아버지의 의미를 새롭게 되새겨 보는 기회를 줍니다.

④ 기타 매체

<건지 감자껍질파이 북클럽>, 마이크 뉴얼, 2018. #영화 #전쟁 #유대

독일군이 점령한 영국의 건지 섬에서 혹독한 전쟁 시기를 서로에 대한 유대와 소통을 통해 극복해가는 이야기를 담고 있습니다.

<우리들의 블루스>, 김규태, 2022. #드라마 #다양성 # 공존

장애를 지닌 등장인물을 동등한 사회 구성원으로서 그려내고 있다는 점에서 주목하게 되는 드라마입니다. 옴니버스 형식으로 등장인물들의 삶을 생동감 있게 담아내면서 그들만의 시선으로 표현하고 소통하는 방식을 입체적으로 보여주는 작품입니다.

꿈을 향한 나만의 아름다운 비행

-『5번 레인』은소홀/노인경,
문학동네, 2020.
#꿈 # 성장 #용기

『5번 레인』의 '5번'은 수영 경기에서의 레인 번호를 가리킵니다. 수영은 백분의 1초의 차이로도 승패와 순위가 결정될 만큼 매우 경쟁적인 스포츠 중 하나입니다. 그러므로 수영 경기에서는 레인 배정이 아주 중요한데요. 중앙 레인은 물의 저항을 가장 적게 받아 선수에게 유리한 위치를 제공하기 때문에 예선 성적이 우수한 선수에게 먼저 배정됩니다. 그 중에서 '5번 레인'은 예선 성적 3위 자리를 말합니다. 각 레인 모두 단순한 수영 코스를 넘어 선수들의 실력, 기대감, 도전 정신 등을 담고 있지만, 특히 '5번' 레인은 최상위권과 그렇지 못한 선수들 사이의 경계에서 겪는 긴장과 심리적 압박감을 상징하는 공간이라 여겨집니다.

우리가 인생을 헤엄치는 동안, 비단 수영장에서뿐만 아니라, 우리는 수없이 많은 '5번 레인'의 순간들을 마주하게 됩니다. 여러분은 '5번 레인'에 서 본 적이 있나요? 지금도 그런 자리에 서서 고민하고 있지는 않으신가요?『5번 레인』이라는 이 책의 제목과, 하늘과 물을 구분하기 어려운 표지에서부터 독자와의 대화를 시작하는 것 같습니다. 우리가 각자의 '5번 레인'에 서 있을 때, 우리는 더 나은 레인을 향해 치열하게 승리하기를 갈망하는지, 아니면 하늘을 유영하듯 나만의 꿈을 향한 레이스를 원하는지를 묻고 있습니다.

주인공 나루는 언니 버들이의 모습을 보고 수영을 시작하게 되었습니다. 수영장에서 헤엄치는 언니 버들이의 모습이 마치 바닷속 인어공주 같아 보였거든요. 그 이후, 나루와 버들이는 가장 좋은 동료이자 경쟁자로, 수영 국가대표라는 같은 꿈을 꾸며 열심히 연습했습니다. 하지만 버들이는 중학교 입학 이후 계속되는 성적 부진으로 힘들어 하다가 결국 수영을 그만두고 방향을 틀어 다이빙을 하겠다고 선언합니다. 나루는 언니와 함께 꿈꿔오던 소중한 꿈이 한순간에 사라지는 느낌이었고 동시에 배신감도 들었어요. 언니의 다이빙 경기를 보러 간 날도 나루는 언니를 이해할 수 없었습니다. 그날, 언니는 4등을 했습니다. 나루였으면 분해서 눈물이 났을 것 같은데, 언니는 웃고 있었어요. 메달을 따지 못했으면서도 싱글벙글 행복해 보이기까지 한 언니의 모습이 낯설었습니다. 나루는 언니가 경기에서 지고도 행복해 보이는 이유가 궁금했습니다.

"날개가 없어도 아주 잠깐 하늘을 날 수 있어. 나는 물속으로 떨어지는 게 아니야. 왜냐면 누가 밀쳐서 빠지는 게 아니거든. 내가 뛴 거지. 뛰면서 계속 생각해. 최고로 아름다운 비행을 해야지.”

언니는 다이빙이 좋다고 말합니다. 언니의 마음은 아름다운 비행을 하고 싶다는 열정으로 가득 찼기에, 순위를 향한 경쟁심이 비집고 들어갈 틈이 없나 봅니다. 버들이의 말을 들은 후 나루의 마음은 물결이 일렁이듯 혼란스러웠습니다. 최고로 아름다운 비행을 하겠다는 건 무엇일까요? 수영을 좋아하긴 하지만, 나루는 시합에서 무조건 이기고 싶었어요. 경기에서 이기는 게 제일 중요하다고 생각했으니까요. 그래서 매일 열심히 연습하고, 기록을 단축하기 위해 갖은 노력을 해왔습니다. 이기는 시합만이 의미가 있다고 생각했던 나루가 이번엔 자신에게 묻습니다. 그리고 자신이 낸 문제에 대한 답을 찾아갑니다.

이 책의 주인공 강나루, 그리고 강버들, 정태양, 김초희 등, 등장하는 아이들 모두 수영을 통해 함께 자라갑니다. 타 선수와의 기록 경쟁이 심한 스포츠 경기에서 아이들은 서로 경쟁하고 실수하기도 합니다. 주인공 강나루가 라이벌 김초희를 질투하여 김초희가 아끼는 수영복을 몰래 가져갔던 것처럼요. 그런 일들을 겪으며 아이들은 내적 동기를 점검하고 마음속에 생겨나는 수많은 의문과 마주합니다. 경쟁에서 이기는 것이 꿈의 전부라 여겼던 허상에서 벗어나 흔들리고 넘어지며 자신만의 꿈을 향한 레이스를 시작하게 되었습니다.

‘네 손가락의 피아니스트’ 이희아 씨를 아시나요? 양손 합쳐 손가락이 4개뿐인 이희아 씨는 3달 동안 매일 10시간씩 연습해서 ‘나비야 나비야' 동요를 겨우 칠 수 있게 되었습니다. 주위 사람들 모두 장애인에게 피아노 연주는 무리라고, 안 된다고 했지만 이희아 씨는 포기하지 않았습니다. 악보를 제대로 볼 수 없어서 한 곡을 온전히 연주하려면 수백 번 연습을 반복해야 했습니다. 쇼팽의 '즉흥 환상곡' 1곡을 연주하기까지는 5년이 넘는 시간이 걸렸다고 합니다.[14]

참으로 길고 지루한 시간이었을 겁니다. 하지만 이희아 씨는 그 긴 시간을 견디고 자신의 신체적 한계를 넘어서 피아니스트의 꿈을 이뤘습니다. '나비야 나비야' 동요 연주를 시작으로 쇼팽의 '즉흥 환상곡'까지, 한 곡 한 곡을 연습하고 연주하게 되면서 그녀는 꿈을 이루어 갔습니다. 1등 연주자가 아니라, 피아노곡 하나하나를 온전히 아름답게 연주하고자 하는 소망이 아름다운 비행을 꿈꾸는 그녀의 꿈이 되었고, 이런 과정들이 그녀를 피아니스트로 불리게 했습니다.

소설가 고(故) 박완서 선생님은 6.25 전쟁으로 인해 갓 입학한 대학을 다닐 수 없게 되었습니다. 막 베틀에 앉아 꿈꾸던 비단을 짜려고 하는데, 제대로 짜기도 전에 비단의 중턱을 잘린 기분이라고 하셨어요.[15] 나라의 혼란으로 인해 제대로 꿔보지도 못한 꿈을 그만 포기해야 했습니다. 하지만 선생님은 전쟁으로 인해 한번 잘린 꿈의 비단을 다시 짜기 시작하였습니다. 다섯 자녀를 키우며 평범한 주부로 지내다가, 마흔이 되던 1970년에 소설 작가로 등단하였습니다. 그리고 작고(作故)하시기 전까지 왕성한 작품 활동하셨지요. 고(故) 박완서 선생님은 어떻게 다시 베틀에 앉을 수 있었을까요? 작가로서의 명성

---

14) 이희아·현희/박진, 『103센티미터 희아의 기적』, 파랑새, 2011.
15) 박완서, 『못 가본 길이 더 아름답다』, 현대문학, 2010.

을 얻고 싶고, 원고료로 돈을 벌겠다는 마음이었을까요. 그랬다면 이미 시작이 너무 늦어서 남들보다 뒤처졌다고 지레 포기하고 시도조차 하기 힘들었을지 모릅니다. 자신만의 글을 써보고 싶단 순수한 열정이 불혹(不惑)의 나이에, 다섯 아이를 돌보는 중에도, 작가로서 자신만의 아름다운 비행을 시작하게 하는 가장 큰 원동력이 아니었을까 합니다.

저는 꿈에 대해 크게 고민해본 적이 없었습니다. 주어진 인생 시간표대로 평범하게 살 던 중에 변화가 찾아왔습니다. 임신 30주가 되기 전에 태어난 저의 아이는 숨 쉬는 것도 버거웠고 젖을 빨 힘도 없었습니다. 이후에도 병치레가 잦고 수술과 재활 운동 등으로 병원을 제 집처럼 드나들게 되었습니다. 엄마로서 제가 아무리 애를 쓰고 정성을 다해도 끝을 쉽게 알 수 없는 힘든 육아였습니다. 이 아이가 건강해지는 것, 그냥 평범한 시간을 보내게 되는 것이 저의 유일한 꿈이었습니다. 시간이 지나면서 저와 비슷한 어려움을 겪는 부모님들을 만나게 되었고, 서로의 마음을 보듬고 격려하는 것이 큰 힘이 된다는 걸 배웠습니다. 그리고 모든 연약한 아이들의 회복과 그 부모들의 행복을 바라는 것으로 꿈은 커져갔습니다. 이것이 제가 꿈꾸는 아름다움 비행입니다. 엄마가 된 후, 삶의 의미를 다시 한 번 생각하면서 제 꿈의 의미를 계속해서 깊게 생각하고 있습니다.

『5번 레인』 속 6학년 아이들의 꿈도, 피아니스트 이희아 씨나, 소설가 박완서 선생님의 꿈, 그리고 저의 꿈도 모두 다릅니다. 이는 서로 비교할 수 없이 각자에게 귀하고 아름다운 꿈이라 여겨집니다. 우리가 꾸는 꿈이 화려하거나 거창한 삶의 목표가 아니어도 괜찮고, 훌륭한 직업이나 그럴싸한 것이 아니어도 상관없습니다. 경쟁에서 어떻게든 이기려고 발버둥 치며 꿈의 허상을 좇고 있는 것이 아니라면 흔들리고 넘어져도 우리는 괜찮습니다.

저자 은소홀 작가는 작가 소개란에 소개 멘트 대신 이런 말을 적어놓았습니다. "잘 흔들리고 넘어지세요. 다치지는 말고요. 불안한 세계를 살아가는 모두에게 응원을 보냅니다." 은소홀 작가의 따뜻한 응원이 『5번 레인』 속에 담겨있습니다. 그래서일까요. 이 책을 통해 나의 행복과 꿈의 성취는 경쟁해서 우열을 가리고 선착순으로 순위를 매길 수 있는 것이 아니라는 것을 배웠습니다. 나만의 '아름다운 비행'을 찾았을 때 비로소 경쟁, 승리, 쟁취의 꿈에서 벗어나 진정한 나의 꿈을 향한 레이스를 시작하게 됩니다.

지금 막 꿈을 꾸기 시작하는 어린아이들뿐 아니라, 삶의 변곡점에서 있는 이들에게, 또 꿈을 잃고 지쳐있는 사람들에게 이 책을 한번 읽어보라고 권하고 싶습니다. 잘 흔들리고 넘어지며, 나의 진정한 꿈을 향해 한 발짝 내디뎌 보게 되길 바랍니다.

① 동화 탐색 질문

• 『5번 레인』에는 강나루, 강버들, 정태양, 김초희 등 여러 아이들이 나옵니다. 아이들은 각자의 고민과 깨달음을 통해 성장하는데요. 이들 중 가장 공감이 가는 인물은 누구인가요?

• 나루는 수영 경기에서 순위권에 들어 메달을 따는 것을 가장 중요하게 생각합니다. 레인 배정에 따라 성적이 크게 달라질 수 있기 때문에 어디에서 경기하느냐는 중요한 변수입니다. 4번 레인, 3번 레인, 5번 레인일 때 나루의 마음은 어떻게 달라질까요?

• 코치님은 나루에게 "누구나 질 때도 있는 거야. 어쩌면 어떻게 지느냐가 이기는 것보다 더 중요해"라고 말합니다. 코치님은 왜 이런 이야기를 할까요?

② 에세이 탐색 질문

• 글쓴이가 말하는 자신만의 '아름다운 비행'처럼, 자신만의 레이스에서 최선을 다하는 이를 본 적이 있나요? 그 모습을 보며 어떤 생각이 들었나요?

- 글쓴이는 꿈의 허상과 꿈의 본질의 다름을 이야기합니다. 치열하게 경쟁해서 이겨서 얻는 '성공'과, 꿈을 좇아 부단히 노력하여 이루는 '성공'에는 어떤 차이가 있을까요?

-----

③ 자아성찰 질문

- 나루가 수영경기에서 무조건 이기고 싶었던 것처럼, 나도 타인과의 경쟁에서 이기고 싶었던 경험이 있나요?

- 남과의 경쟁이 아닌 나 자신과의 싸움이 더 중요함을 느낀 적이 있나요? 어제의 나보다 한 단계 나를 더 성장시킨 경험을 떠올려 봅시다.

- 강버들은 수영선수의 꿈을 포기하고 다이빙 선수를 꿈꾸게 되었습니다. 나도 이처럼 꿈을 포기해야했던 순간이 있었나요? 또 새로운 꿈을 가지게 됐던 경험이 있나요?

-----

④ 확장 질문

- 상리공생(相利共生)처럼 경쟁을 통해 서로 이익을 얻는 경우가 있습니다. 우리 사회 경쟁의 긍정적 측면을 살펴보고 이에 대한 자신의 견해를 이야기해봅시다.

- 과도한 입시 경쟁, 승부 조작, 부정 입학 등 우리 사회 경쟁의 부정적 측면을 살펴보고 이에 대한 자신의 견해를 이야기해봅시다.

사색 자료

① 그림책

『니 꿈은 뭐이가?』, 박은정/김진화, 웅진주니어, 2010. #도전 #최초 #인물

우리나라 최초의 여 비행사 권기옥의 이야기입니다. 그녀는 당시 여자, 조선인은 안 된다는 사회적 편견을 깨고 당당히 자신의 꿈을 이뤘습니다. 독립 운동가이자 비행사였던 권기옥이 독자들에게 진심으로 바라는 꿈이 뭔지 묻습니다.

『슈퍼 거북』, 유설화, 책읽는곰, 2014. #용기 #나다움

이 책은 <토끼와 거북이>의 뒷이야기를 담은 책입니다. 거북이 꾸물이가 남을 의식하며 노력할 때는 얻을 수 없었던 행복을 결국 찾게 되는데요. 그 비결이 무엇인지 책을 통해 배울 수 있습니다.

② 동화 / 아동청소년 도서

『꿈을 요리하는 마법 카페』, 김수영/조혜승, 꿈꾸는지구, 2019. #동화 #자기계발 #도전

주인공이 꿈을 찾아가는 과정을 요리에 비유하여 보여줍니다. 그림이 매우 독특하고 아름다워서 읽는 재미에 보는 재미가 더해집니다.

『불량한 자전거 여행』, 김남중/허태준, 창비, 2009. #동화 #도전# 치유

부모님의 불화로 상처받고 하고 싶은 것도 없던 소년이 자전거 여행을 통해 성장하는 이야기입니다. 가족들에게 사회부적응자로 찍힌 삼촌과 자전거 여행자들의 이야기가 감동을 더합니다.

『존 아저씨의 꿈의 목록』, 존 고다드/이종옥, 임경현, 인디고, 2008. #동화 #자기계발

존 아저씨가 작성한 137개의 꿈의 목록을 상세히 설명하고 실천해간 이야기입니다. 꿈의 소중함과 꿈을 이루어 가는 과정을 배울 수 있습니다.

③ 성인 도서

『너무 잘하려고 애쓰지마라』, 나태주, 열림원, 2022. #시 #위로 #격려

총 4부로 구성된 시집에는 시인의 다정한 응원과 격려가 담겨있습니다. 독자의 고단하고 지친 마음을 '시'로 위로해줍니다.

『오늘부터 다시 스무 살입니다』, 김미경 외 30인, 블루웨일, 2022. #자기계발 #재도전

'MKYU' 입학생 30여명의 이야기로 꾸며진 책입니다. 두 번째 스무 살을 시작하는 이들의 꿈과 도전에 용기를 얻게 됩니다.

④ 기타 매체

<스물 다섯, 스물 하나>, 정지현/김승호 연출, 2022. #드라마 #청춘 #도전

펜싱 국가대표를 꿈꾸는 주인공의 경쟁과 우정, 첫사랑과 이별을 그린 드라마입니다. 꿈을 향한 집념과 그 꿈을 이뤄가는 과정이 유쾌하고 뭉클합니다.

<국가대표>, 김용화, 2019 #영화 #도전 #스포츠

올림픽 출전을 위해 급하게 스키점프 국가대표팀을 결성하고, 제대로 된 장비나 시설 하나 없이 고군분투하는 모습을 담았습니다. 하늘을 향해 거침없이 날아오르는 선수들의 도전정신과 비상(飛上)이 감동을 줍니다.

<옹알스> #공연#넌버벌 퍼포먼스(Non-verbal Performance)#개그

넌버벌(말하지 않는)코미디 팀 '옹알스'는 TV 개그 프로그램에서 하차한 후 지방 공연을 통해 개그에 대한 꿈을 이어갔습니다. 어느 날 장애인 봉사활동에서 '몸짓의 퍼포먼스'만으로도 사람들에게 공감과 웃음을 줄 수 있다는 것을 깨닫고, 이 경험을 바탕으로 해외 코미디 시장에 도전하게 되었습니다. 이들은 많은 어려움과 좌절을 겪었지만, 한국 코미디 공연으로는 최초로 영국 웨스트엔드에서 5주간 공연을 열어 큰 찬사를 받았고, 이후 국내외에서 여러 상을 수상하며 현재까지도 활발하게 활동하고 있습니다.

<시에 그린 한국 시화 박물관> #박물관#탐방#꿈#시화

전남 진도에 세워진 시화 박물관에는 시와 그림 1000여점이 전시 돼 있습니다. 관장 이지엽 시인(경기대 교수)은 늘 남도 문화에 애정을 가지고 있었습니다. 남도 문화를 콘텐츠화 하여 지역 문화 발전에 이바지 하고자 박물관을 설립하게 되었다고 합니다.
http://www.seagreen.co.kr/

모두를 위한 마음, 모두를 위한 디자인

-『목기린 씨, 타세요!』, 이은정/윤정주,
창비, 2014.
#공존 #평등

『목기린 씨, 타세요!』는 기린, 돼지, 고슴도치, 고릴라 등 다양한 동물
들이 등장하는 의인 동화입니다. 이야기 속에서 각 동물은 독특한 특
성과 성격을 가지고 있으며, 이는 의인화라는 문학적 기법을 통해 더
욱 돋보입니다. 이 기법은 동물들에게 인간의 언어와 감정을 부여하
면서도, 그들만의 고유한 특징을 살리는 데 중점을 두고 있어요. 그래
서 어린이는 물론 어른 독자들에게까지 친숙하고 더 흥미로운 경험을
제공합니다.

『목기린 씨, 타세요!』는 단지 재미있는 이야기를 전하는 것에 그치지
않습니다. 동물 캐릭터들을 통해 인간 사회의 다양한 모습을 반영하
고, 때로는 인간의 본성에 대한 질문을 던지며, 우리가 일상에서 마주

하는 다양한 인간관계와 감정을 동물들의 단순하면서도 진솔한 상호 작용을 통해 탐구합니다. 표면적으론 '목기린 씨 마을버스 태우기 프로젝트'를 중심으로 이야기가 전개되지만, 그 이면에 서로 다름을 인정하고 포용하여 공존하자는 묵직한 메시지를 가지고 있습니다. 동물들 사이의 약육강식(弱肉强食) 자연 법칙을 뛰어넘어, 서로 다른 동물들이 공존하며 살아가는 이야기로 시작됩니다.

목기린 씨는 마을 회관으로 매일 편지를 보냅니다. 자신도 버스를 탈 수 있게 해달라는 간청을 담은 편지입니다. 마을 주민 모두 마을버스를 탈 수 있었지만, 목기린 씨만 탈 수가 없었어요. 목이 긴 목기린 씨가 타기에는 버스 천장이 너무 낮았기 때문입니다. 그래서 비가 오나 눈이 오나 사시사철 걸어 다닐 수밖에 없었습니다. 목기린 씨의 집과 직장은 여덟 정거장 거리입니다. 걸어 다니기에는 꽤 먼 거리지요. 버스를 탈 수 없는 목기린 씨는 어쩔 수 없이 매일 걸어 다닙니다. 쌩쌩 앞질러 가는 버스의 뒤꽁무니를 보며 목기린 씨도 다른 주민들처럼 버스타고 출퇴근하고 싶다는 마음이 늘 간절했습니다. 그리고 언젠가 돼지네 막내 꾸리가 '달리는 버스에서 창문을 열고 눈을 감으면, 마치 바람을 타는 것 같다'고 말했습니다. 바람을 탄다는 게 어떤 기분일까요? 목기린 씨는 쉽게 상상이 되지 않아 답답했습니다. 그래서 직접 버스를 타고 꾸리가 말한 것처럼 바람을 타는 기분도 느껴보고 싶었어요.

화목 마을 주민들은 목기린 씨 사정이 딱한 건 알지만, 굳이 나서고 싶지 않았습니다. 내 일도 아닌데 이런 문제까지 골치 아프게 관여하고 싶지 않았거든요. 고슴도치 관장은 몇 달만 있으면 뽑힐 새 관장에게 이 골치 아픈 문제를 슬쩍 넘기고 싶었습니다. 마을버스를 운전하는 고릴라 기사는 목기린 씨 때문에 촉박한 버스 시간을 못 맞출까 봐 신경이 거슬렸어요. 마을 주민들은 버스를 타고 가다가 창밖으로 우연히 목기린 씨와 눈을 마주치게 되면, 얼른 고개를 돌리거나 딴청을 피우곤 했어요.

목기린 씨도 마을 주민들을 이해 못하는 건 아니었습니다. 그렇지만 기린은 원래 목이 긴 동물입니다. 버스 자리가 불편하거나 운행 노선이 마음에 들지 않아 안타는 게 아닙니다. 혼자만 계속 마을버스를 타지 못하는 건 너무 지치고 외로운 일이었어요. 그래서 목기린 씨는 편지로 도움을 간청하기보다 능동적으로 대처하기로 했습니다. 목기린 씨는 건물을 짓고 고치는 일을 하는데, 그 중에서도 천장 전문가입니다. 그래서 천장을 훌쩍 높인 마을버스 설계도를 그려서 고슴도치 관장님께 보내게 되었습니다. 목기린 씨가 설계한 버스 디자인은 목기린 씨처럼 목이 긴 동물도 안전하게 탈 수 있는 버스 디자인 설계입니다. 다른 마을 주민이 탈 수 있는 건 당연하고요. 목기린 씨는 자신만을 위한 특수한 버스가 아니라 모두를 위한 유니버설 디자인이 적용된 버스를 설계하여 문제를 해결하고자 하였습니다.

유니버설 디자인(universal design)은 다양한 능력을 가진 사람들이 더 편리하고 유연하게 사용할 수 있게 만드는 디자인을 말합니다. 유니버설 디자인을 활용하면 이전에는 불편했던 것을 보다 많은 사람들이 편리하게 이용할 수 있게 만들 수 있습니다. 예를 들어, 문손잡이는 예전에는 원통 모양이었습니다. 그런데 손이 작거나 손아귀 힘이 약한 사람들은 원통 모양의 손잡이를 잡고 돌리는 것이 불편했어요. 그래서 모두가 좀 더 편리하게 사용할 수 있는 레버식 손잡이로 바꾼 거예요. 시내를 운행하는 저상버스도 유니버설 디자인이 적용된 예로 들 수 있겠는데요, 버스를 타고 내리는 출입구의 계단을 없애고, 턱을 낮춤으로 유모차나 휠체어 이용객, 어린아이나 노인과 같은 노약자들도 쉽게 버스를 오르내릴 수 있게 되었습니다. 횡단보도와 맞닿아있는 도로 경계석의 턱을 비스듬하게 낮춰 유모차나 휠체어가 더 부드럽게 이동할 수 있도록 한 것 역시 비슷한 사례입니다.

그림책에서도 유니버설 디자인을 찾아볼 수 있습니다. 몇 년 전 일본에서는 모두가 읽을 수 있는 유니버설 디자인 그림책이 출판되었습니다.[16] 종이에 특수잉크를 입혀 글과 그림을 오목하고 볼록한 요철로 만들고, 점자도 더해 만든 그림책입니다. 글과 그림을 눈으로 보고 읽을 수도 있고, 글과 그림을 손으로 만져서 읽을 수도 있게 만들었습니다. 시각 장애인을 위한 점자책이나 오디오 북, 시력이 약한 이들의 가독성을 높이기 위한 큰 글자 책 등은 소수 이용자를 위해 만든 특수한 책입니다. 이와 달리 유니버설 디자인 그림책은 모두가 읽을 수 있는 책입니다.

목기린 씨가 유니버설 디자인 버스를 설계하긴 했지만, 실제로 버스를 만들고 운행하기 위해서는 그의 아이디어만으로 충분하지 않습니

16) http://www.morningreading.org/article/2019/12/01/201912011029001535.html

다. 그 실현은 화목 마을 주민들의 지지와 참여에 달려 있었습니다. 목기린 씨가 제안한 디자인으로 버스를 개조할 것인지, 이런 버스가 우리 마을에 꼭 필요한지, 어떻게 도입하면 좋을지 화목 마을 주민들은 이 문제를 논의하기 위해 모였습니다. 그리고 밤늦도록 서로 의견을 나누고 조율하며 머리를 맞댔습니다.

목기린 씨 한 명의 문제인데, 마을 주민 모두가 왜 같이 논의해야 할까요? 불편한 한 사람만 양보하면 이런 골치 아픈 일도 안 생기고, 여러 사람이 편한 게 아닌가 하는 의문이 들기도 합니다. 그런데 목기린 씨는 자기 잘못이나 선택으로 버스를 타지 않는 것이 아니라 다른 동물과 다르게 생겼기 때문에 어쩔 수 없이 버스를 타지 못하는 것입니다. 목이 길다는 이유로 누구나 탈 수 있는 버스를 혼자만 이용할 수 없습니다. '다름'으로 인해 '차별'받고, 이동의 권리를 제한 받고 있습니다. 이로 인해서 목기린 씨의 다른 권리도 침해 받을 수 있어요. 목기린 씨에게 가족이 있었다면 그 피해는 가족들에게까지 이어지겠지요.

그리고 화목 마을의 목기린 씨는 한 명이지만, '다름'으로 인해 '차별' 받는 또 다른 목기린 씨는 시대와 공간을 초월해서 어디에나 있습니다. 소수의 누군가에게 불편한 일이 생길 때마다 소수가 다수를 위해 참고 어쩔 수 없는 일로 받아들인다면, 다양한 이유로 생겨나는 여러 소수의 사람은 늘 불편하고 힘들 것입니다. 그래서 이는 단순히 한 개인의 문제가 아니라 마을 주민 모두가 함께 머리를 맞대고 고민해야 하는 사회적인 문제인 것입니다.

목기린 씨는 개인의 편의나 이기적인 이익을 추구하지 않았습니다. 그는 모두가 편리하게 이용할 수 있는 버스를 설계하였어요. 화목 마을 주민들 역시 그의 불편함을 개인의 문제로 치부하지 않고 마을 공동체의 문제로 받아들였습니다. 그리고 모두 함께 편리할 수 있는 해결 방법을 택하였습니다. 소수와 다수가 같이 공존할 수 있는 방안을 찾은 것입니다. 이러한 공존의 원리를 우리 사회에도 적용할 수 있습니다. 소수와 다수가 근본적으로 상생(相生)할 수 있는 방식으로 배려하고 합의해 간다면, 서로가 다름에도 불구하고 공존 할 수 있을 것입니다.

우리 사회가 겪고 있는 모든 차별의 문제를 유니버설 디자인으로 해결할 수는 없지만, 이 책을 통해 우리 모두가 '공존'해야 한다는 인식이 더욱 확산되면 좋겠습니다. 차별의 문제는 한 사람의 힘으로 해결할 수 없어요. 누군가는 모두를 위한 유니버설 디자인을 고안하고 다른 누군가는 이러한 디자인을 같이 논의하려고 할 때, 사회 곳곳에 세워져 있는 차별의 장벽이 조금씩 낮아질 것입니다. 소수와 다수의 구분 없이, 또 다른 목기린 씨를 위한 공존의 외침이 계속 이어지길 바랍니다. "목기린 씨, 타세요! 함께 가요."라고요.

① 동화 탐색 질문

• 『목기린씨, 타세요!』는 의인동화입니다. 동물을 의인화하여 등장인물로 구성하였을 때 얻을 수 있는 장점은 무엇일까요?

• 이 책은 '목기린씨 이동권 존중'이라는 문제를 해결해가는 과정을 그립니다. 목기린 씨의 이동권을 보장하기 위한 방법으로 어떤 것들이 있을까요?

----

② 에세이 탐색 질문

• 평소 이용하는 제품이나 시설 중에서 조금 더 개선되거나 유니버설 디자인으로 바뀌었으면 하는 부분이 있나요?

• 목기린씨의 이동권이라는 개인의 '개별성'을 존중하는 것과 화목마을이라는 집단의 '공리성'을 추구하는 것은 어떻게 균형을 이룰 수 있을까요?

• 소수와 다수가 근본적으로 상생(相生)할 수 있는 방식으로 배려하고 합의하려면, 어떤 노력이 필요할까요?

----

③ 자아 성찰 질문

• 목기린씨가 목이 길어서 버스에 타지 못했던 것처럼, 나도 외모나 기질의 '다름'으로 인해 차별받았던 경험이 있나요?

• 내가 속한 공동체에서(직장, 학교, 동아리 등) 소외되는 사람을 본 적이 있나요? 나는 어떻게 반응하였나요?

---

④ 확장 질문

• 학교나 직장에서 상생과 공존의 방식을 선택한 경험이 있나요? 왜 그런 선택을 했었나요? 선택의 결과는 어땠나요?

• 우리 사회의 '소수'자로는 어떤 이들이 있을까요? 그들이 차별 받고 있다고 여긴다면, 어떤 부분에서 그렇게 생각하나요?

• '다수결의 원칙'으로 크고 작은 문제를 결정할 때가 많습니다. 이렇게 결정할 때 장점과 단점은 무엇일까요?

사색 자료

① 그림책

『물이 되는 꿈』, 루시드 폴/이수지, 청어람아이, 2020. #꿈 #자유

물속에서 더 자유로운 아이가 꾸는 꿈은 무엇일까요? 루시드 폴의 음악을 들으며 책을 읽으면 감동이 배가 됩니다.

『사라, 버스를 타다』, 윌리엄밀러/존 워드, 박찬석, 사계절, 2004 #인권 #용기

미국 흑인 민권 운동의 도화선이 된 '로사 팍스'의 실제 이야기를 바탕으로 한 그림책입니다. 부당한 차별에 용기 있게 맞서는 소녀를 만날 수 있습니다.

② 동화/ 아동청소년 도서

『산책을 듣는 시간』, 정은, 사계절, 2018. #청소년소설 #장애 #소통

수지는 소리를 듣지 못합니다. 세상을 느끼고 소통하는 방식이 남들과 조금 다르지만 불행하지 않다고 이야기합니다. 장애에 대한 기존의 선입견에서 벗어나 새로운 인식과 시각을 갖게 하는 책입니다.

『완득이』, 김려령, 창비, 2008. #청소년소설 #다문화 #성장

주인공 완득이는 장애인 아버지와 외국인 어머니 사이에서 태어났습니다. 소위 흙수저 중의 흙수저지만, 희망을 가지고 성장하는 17살 완득이의 이야기를 유쾌하게 그리고 있습니다.

『난민 소년과 수상한 이웃』, 베아트리스 오세스, 꿈꾸는섬, 2019. (원제 : Soy una nuez) #동화 #난민 #인간애

이 동화의 주인공 '오마르'는 내전을 피해 바다를 건너오다 부모를 잃고 혼자 육지에 도착한 난민 소년입니다. 그는 난민 보호소에서 탈출하여 한 변호사의 집에 숨게 되며, 이후 변호사와 이웃 주민들의 도움을 받습니다. 이 이야기는 난민 아이들도 안전하고 보호받을 권리가 있다는 메시지와 함께 인간애(人間愛)의 따뜻함을 전합니다.

③ 성인 도서

『공감의 시대』, 프란스 드 발, 최재천·안재하, 김영사, 2017. #생물학 #이타성 #공정성

세계적인 영장류학자 프란스 드 발의 저서입니다. 수많은 동물들을 관찰하여 공감 행동을 분석하였고, 이를 통해 이타성과 공정성이 본성 안에 있음을 밝히고 있습니다.

『난장이가 쏘아 올린 작은 공』, 조세희, 이성과힘, 2000. #소설 #사회 #고전

'1981년 부림 사건' 사회과학 독서모임에서 읽었던 책입니다. 이 이야기는 도시 개발과 산업화 과정에서 소외되는 철거촌 주민들에 관한 것입니다. 70년대 암울했던 우리 사회 노동자와 빈민층의 모습을 알 수 있습니다.

④ 기타 매체

<BTS (방탄소년단) 'Permission to Dance' 뮤직 비디오> #뮤직비디오 #음악 #수화

안무 일부에 '수화'가 포함되어 있어요. 청각 장애인들도 음악과 춤을 즐길 수 있다는 희망과 공존의 메시지가 담겨있습니다.

<원더>, 스티븐 크보스키, 2017. #영화 #편견 #감동

남다른 외모로 사람들에게 상처받은 '어기'는 헬멧 속에 자신을 숨기 채 살아갑니다. 가족과 친구들의 응원으로 세상을 마주할 용기를 내는 '어기'를 통해, 아이 뿐 아니라 그가 속한 사회도 함께 변화하는 모습을 감동적으로 그리고 있습니다.

<히든 피겨스>, 시어도어 멜피, 2017. #영화 #차별 #실화

수학 천재인 흑인 여성이 NASA에서 새로운 역사를 만들어 냅니다. 흑인이라서 다른 건물에 있는 유색인종 전용 화장실을 이용해야하고, 여자라서 중요한 회의에 참석할 수 없던 시절, 그녀는 실력으로 당당히 차별의 벽을 깹니다.

<유니버설 디자인 공모전> #공모전 #창의 #공존

'한국장애인인권포럼'에서 개최하는 공모전입니다. 2006년 제1회부터 유니버설 디자인 개념과 문화 확산을 위해 매해 다양한 수상작을 선보이고 있습니다.
http://www.udcontest.com/

로봇, 문학으로 길을 묻다.

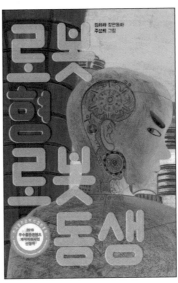

-『로봇 형 로봇 동생』,
김리라/주성희, 책읽는곰, 2019.
#미래 #공존 #가족

여러분은 '로봇' 하면 무엇이 먼저 떠오르시나요? 저는 '로보트 태권 V'가 제일 먼저 생각납니다. 우리나라에서 만든 첫 애니메이션이라 자랑스러운 마음으로 '로보트 태권 V'을 열렬히 시청했습니다. '로보트 태권 V' TV 방영 당시 저는 태권도장에 다니고 있었는데요, 부모님을 초대해 그간 단련한 저희의 태권도 실력을 보여드리는 날이 있었습니다. "달려라 달려 로보트야, 날아라 날아 태권 브이~~"노래에 맞춰 절도 있게 각을 잡고, 최대한 다리를 곧게 뻗으며. 비장하게 발차기 했던 순간들이 떠오릅니다. 그리고 제 큰아이가 대여섯 살이 됐을 즈음, 자동차 변신 로봇을 갖고 놀기 시작했어요. 정교한 손놀림이 부족한 아이가 아빠에게 로봇 변신을 부탁했고, 아빠는 로봇에서 자동차로, 또 자동차 4대를 하나의 로봇으로 변신시켜주었습니다. 자유자재로 로봇을 변신시키는 아빠를 바라보던 존경심 가득했던 아이의 눈빛이 잊히지 않습니다. 저에게 로봇은 사랑하는 가족들과 함께했던 즐겁고 따뜻한 추억입니다. 그런데 이제 로봇이 과거의 기억 속에만 머물러 있지 않습니다. 애니메이션으로 또 장난감으로 만났던 존재가 아니라, 생활 속에서 접하는 현실적인 존재로 점점 다가오고 있습니다.

2011년 후쿠시마 원전 사고가 발생했을 때만 해도 로봇은 임무를 제대로 수행하지 못했습니다. 사고 수습을 위해 현장에 로봇을 투입했지만, 강한 방사선을 이기지 못하여 로봇이 제 역할을 못했다고 합니다. 그런데 최근 베이징 올림픽에서 로봇이 음식을 조리하고 서빙까지 해준다는 뉴스를 보았습니다. 로봇이 햄버거를 만들고, 만두도 대우고 칵테일까지 척척 만들어내는 모습에 감탄이 절로 나왔습니다. 공상 과학 영화에서나 나올법한 일이 현실에서 일어나고 있단 것이 신기하면서도 낯설었어요.

후쿠시마 원전 사고 이후, 각국에서 로봇 연구가 더욱 활발해졌고 로봇 기술의 발전에 따라 로봇 법이 개정되면서 로봇의 상용화를 앞당기고 있습니다. 우리나라도 2018년 로봇에 관한 법이 개정되고 규제가 완화되었습니다. 예를 들어 로봇은 안전상의 이유로 사람들이 다니는 인도와 횡단보도에서는 운행할 수 없었는데, 규제가 완화됨에 따라 배달 로봇이 사람이 있는 공원에도 찾아와 음식이나 물건을 배달할 수 있게 되었습니다. 실제로 골프장에서 자율주행 배달 로봇이 선수들에게 음료수를 가져다주고, 해수욕장에서 치킨을 주문한 사람에게 배달 드론이 치킨을 배달해 주기도 합니다. 이제 로봇은 산업용으로 쓰이던 공장에서 벗어나, 우리 사회 다양한 곳에서 친밀하게 다가오고 있는 것이 분명해 보입니다.

로봇(Robot)이란 말은, 체코슬로바키아의 극작가 카렐 차페크가 1920년 그의 희곡 'R.U.R.(로숨의 유니버설 로봇)'에서 처음 사용했습니다. 체코어 'robota'는 노동을 의미하는데 이 단어에서 유래되었을 것이라고 합니다. '로봇의 3법칙'이란 법칙이 있습니다. 첫째, 로봇은 인간에게 해를 끼치지 않는다. 둘째, 로봇은 첫 번째 원칙에 어긋나지 않는 한 인간의 말에 복종한다. 셋째, 로봇은 첫 번째와 두 번째 원칙에 어긋나지 않는 한 자신을 지킨다. 이는 아이작 아시모프의 소설[17]에서 처음 만들어진 원칙입니다. 그 후로 로봇이 등장하는 동화나 소설, 영화에도 지금껏 계속 로봇 행동의 원칙으로 쓰이고 있지요. 로봇이란 단어도, 로봇의 행동 원칙도 문학에서 시작되었습니다. 인간의 상상력과 호기심이 문학 속에서 로봇을 만들어냈습니다. 지금은 로봇을 소재로 한 이야기가 쏟아진다는 표현이 어색하지 않을 정도로 많이 나오고 있습니다. 로봇과 인간의 우정, 로봇을 매개로 한 인간들의 우정, 로봇이 학교에도 등장하고, 미래 사회 곳곳에 등장합니다.

『로봇 형 로봇 동생』에도 로봇이 등장합니다. 이 책의 주인공 로봇, 영웅이는 '필봇'입니다. '필봇'은 '로봇의 3원칙'을 어겨서 판매 중지되고 반품 처리된 로봇입니다. 영웅이만 빼고 말이에요. 레온이 아빠가 영웅이를 반품하지 않고 숨긴 채 데리고 있었기 때문입니다. 레온이

---

17) Isaac Asimov, 『I, Robot』, Gnome Press, 1950.

부모님은 자식이 없던 시절 영웅이를 아들처럼 생각했어요. 레온이 아빠는 영웅이가 그 집에 온 2년 뒤 레온이가 태어나서, 영웅이가 레온이를 데려온 거라며 늘 영웅이를 고맙게 여겼습니다. 그래서 영웅이는 영원히 레온이 형이고, 레온이네 가족과 다름없었어요. 영웅이의 겉모습도 사람과 비슷합니다. 밥을 먹지 않고 전기로 충전을 하는 것 외에는 사람과 다른 점이 없어 보입니다. 아픈 엄마를 걱정하고 어린 동생과 춤을 추며 놀고, 동생을 살뜰히 챙기는 영웅이는 또래 남자아이들보다 더 다정해 보입니다.

게다가 이 책의 배경이 된 미래 사회는 디스토피아(dystopia)적인 모습입니다. 빈부 격차가 심해져서 가난한 이들은 신선한 음식을 먹지 못하고, 밀가루에 각가지 곤충 가루와 설탕을 섞어 만든 영양바를 먹습니다. 가난한 레온이 동네에 폐기물 재처리 공장이 세워졌고, 공장 관리가 제대로 되지 않은 탓인지 이 공장에 다니던 레온이 아빠는 일찍 돌아가셨습니다. 레온이는 사람들 사회에서 소외되고 구분 지어져 살고 있었습니다. 레온이를 위해주고 돌봐주는 이는 로봇인 영웅이 형이었습니다. 레온이는 영웅이 형하고 있을 때만 비로소 '행복'을 느꼈어요.

이 책에는 또 다른 로봇(예스봇)인 제우스도 등장합니다. 제우스는 레온이 친구 찰스의 보디가드 로봇으로, 주인 찰스의 명령에 따라 움직입니다. 찰스와 언제나 같이 다니며 찰스의 가방을 대신 매주고, 심부름도 하고, 찰스를 지키는 로봇이지요. 찰스는 영웅이를 알기 전까지는 제우스를 가족으로 생각하지 않았습니다. 그냥 찰스의 삶을 좀 더 편리하게 해주는 존재로만 여겼습니다. 하지만 레온이와 영웅이가 가족처럼 지내는 모습을 보며 제우스의 존재에 대해 다시 생각해보게 되었습니다.

지금 우리는 로봇이 우리 삶의 일부가 되는 미래의 문턱에 서 있습니다. 그들은 우리 사회에서 어떤 역할을 하게 될까요?『로봇 형 로봇 동생』의 영웅이 같이 사람의 정서적 친구, 가족 같은 존재일까요, 아니면 단순히 제우스처럼 사람의 편리함을 돕는 실용적 존재일까요?

사람의 목욕을 도와주고, 요리를 대신하고 심부름을 대신 해주는 로봇, 옷을 입듯이 입으면 하반신 마비 장애인을 걷게 할 수 있는 웨어러블(Wearable) 로봇은 우리의 삶을 보다 더 편리하고 윤택하게 할 것입니다. 또 사람 혼자서 일할 때보다 로봇을 이용하거나 협력하면 더 효율적인 결과를 만들어 낼 수도 있습니다. 미래에는 위험하고 힘든 일, 사람이 하기 싫은 일은 로봇에게 맡기고 사람은 더 창조적이고 자신이 원하는 일만 선택해서 하는 사회가 될지 모릅니다. '인간에게 쉬운 일은 로봇에게 어렵고 인간에게 어려운 일은 로봇에게 쉽다.'는 미국의 로봇 공학자 한스 모라벡의 주장처럼, 낙관적으로 본다면 로봇의 등장과 발달은 사람에게 득이 되는 것 같아요.

그런데 정말 낙관적인 면만 있을까요. 로봇의 발달이 가져오는 어두운 그림자는 없을까요? 로봇에게 일자리를 뺏겨 실업률이 증가하거나, 로봇을 소유한 사람과 그렇지 못 한 사람 간의 빈부격차가 더 벌어질 수 있습니다. SF영화나 소설에 묘사된 것처럼 로봇이 인간의 통제를 벗어나 전쟁을 일으키는 등, 로봇이 사람을 조정하거나 위해를 가할지도 모른다는 막연한 불안감이 들기도 합니다.

우리는 기술의 경이로움과 불안함 사이에서 줄타기를 하고 있습니다. 로봇과의 공존은 상상 속에서만 가능했던 일이 이제는 현실 세계의 한 부분으로 자리잡아가고 있습니다. 이러한 변화는 우리에게 큰 기대감을 안겨주면서도, 한편으로는 어떤 위험성을 내포하고 있다는 사실을 인식시킵니다. 로봇을 제작하고 그들의 역할을 결정하는 것은 인간의 책임입니다. 이는 우리가 로봇에게 부여하는 의미와 목적에 대해 깊이 성찰하기를 요구합니다.

인간과 로봇이 함께하는 미래를 정확하게 예측하기는 어렵습니다. 로봇과 인간이 공존하는 세상은 결코 단순하거나 일직선적인 발전 과정을 의미하지 않습니다. 그것은 오히려 인간이 로봇을 통해 스스로를 반영하고, 새로운 형태의 사회를 상상하며, 우리가 직면할 다양한 도전에 대해 함께 고민하고 대비하는 과정일 것입니다. 문학은 이러한 과정에서 중요한 역할을 수행하며, 로봇과의 공존이라는 주제에 대해 더욱 깊이 있는 사색을 가능하게 합니다. 『로봇 형 로봇 동생』과 같은 문학 작품을 통해 인간과 로봇의 공존이라는 길을 묻고, 그 가능성을 상상하며, 미래의 모습을 그려보는 건 어떨까요?

① 동화 탐색 질문

• '필봇'은 위험한 무기가 될 수 있기 때문에 판매중지 되고, 판매된 로봇도 반품해야했습니다. 그런데 레온이의 가족은 필봇인 영웅이를 가족이라 여기기 때문에 반품하지 않고 숨긴 채 살고 있었습니다. 이 부분에 대한 나의 판단과 생각은 무엇인가요?

• 영웅이는 로봇 헬퍼 컴퍼니에 스스로 신고하였습니다. 자진하여 수거되길 원했는데요. 영웅이는 왜 이런 행동을 했을까요?

② 에세이 탐색 질문

• 로봇을 장난감이나 애니메이션을 통해서 뿐 아니라, 현실에서 가깝게 경험한 적이 있나요? 어떤 느낌이나 생각이 들었나요?

• 미래 사회에서 '가족'을 정의하는 기준이 달라질까요? 그렇다면 '혈연', '동거여부', '정서적 친밀감' 등 무엇을 기준으로 정의할 수 있을까요?

• 미래사회는 로봇과 공존하게 될 것입니다. 문학을 통해 앞으로 로봇이 맡게 될 사회 속 역할을 상상해 보는 것은 필요할까요? 왜 그렇다(그렇지 않다)고 생각하시나요?

③ 자아성찰 질문

• 이 책은 두 종류의 다른 로봇을 그리고 있습니다. 감정을 느끼는 '필봇'과 명령을 수행하는 '예스봇'입니다. 나에게 필요한 로봇은 어떤 기능과 역할을 하는 로봇인가요?

• 내가 가족 구성원으로서 가지고 있는 포지션, 가령, 엄마이자 딸이자, 누군가의 언니 등의 역할이 나를 힘들게 한 적이 있나요? 내가 부족한 것을 대신할 로봇이 있다면, 나는 나의 자리를 로봇에게 양보할 수 있을까요?

• 로봇이나 인공지능을 떠올릴 때, 나를 가장 불안하게 만드는 것은 무엇인가요? 또는 가장 기대하게 하는 것은 무엇인가요?

---

④ 확장 질문

• 이 책에서 그리고 있는 미래 사회는 환경오염과 양극화가 심한 모습입니다. 우리 미래가 이런 디스토피아(dystopia)적 세계가 되지 않으려면 우리는 어떤 노력을 해야 할까요?

• 인공지능 로봇, 메타버스, 블록체인, 사물 인터넷 등 세상은 빠르게 변화하고 있습니다. 다가오는 미래를 위해 우리 사회는 어떤 준비가 필요할까요?

사색 자료

① 그림책

『아빠의 로봇 노트』, 김종호, 길벗어린이, 2016. #추억 #상상

주인공 아들이 어느 날 아빠의 낡은 노트를 발견하는 데서부터 흥미진진한 스토리가 시작됩니다. 주인공 아빠와 아들이 그랬던 것처럼, 부모와 아이가 함께 미래 로봇을 상상하고 다양한 이야기를 나눌 수 있게 하는 책입니다.

『완벽한 로봇 강아지 톨』, 세도나, 느림보, 2021. #완벽함 #가족

지우 가족은 반려견 '별이' 생일을 맞아 로봇 강아지 '톨'을 구매합니다. 지우 가족은 실수투성이 별이에 비해 너무나 완벽한 로봇 강아지 톨에게 점점 빠져들고, 결국 별이를 쫓아내게 되는데요. 반전이 있는 스토리를 통해 완벽함과 가족의 의미를 되새기게 하는 그림책입니다.

② 동화 / 아동청소년 도서

『복제인간 윤봉구』, 임은하/정용환, 비룡소, 2017. #동화 #복제인간 #가족

복제인간이라는 소재를 통해 가족의 의미를 다시금 생각하게 하는 책입니다. 윤봉구의 갈등과 성장이 시리즈별로 유쾌하게 그려집니다.

『열세 번째 아이』, 이은용/이고은, 문학동네, 2012. #동화 #유전자조작 #감정

맞춤형 아이 '시우'와 감정 로봇 '레오'의 우정을 그린 동화입니다. 유전자 조작으로 완벽하게 태어난 시우와 과학 기술의 발달로 인간처럼 감정을 가지게 된 로봇 레오의 모습이 대조적입니다. 어른들의 이기적인 판단이 미래 아이들에게 미치게 되는

영향에 대해 고민해 보게 합니다.

『와일드 로봇』, 피터 브라운, 엄혜숙, 거북이북스, 2019. #동화 #인공지능 #우정

야생의 세계에 적응하여 동물들과 살아가는 로봇의 이야기입니다. 로봇과 야생 동물 간의 우정을 상상하며 로봇에 대한 시야를 넓히게 도와줍니다.

③ 성인 도서

『아이, 로봇』, 아이작 아시모프, 김옥수/오동, 우리교육, 2008. #소설 #SF #고전

1950년 초판본이 나왔을 때부터 꾸준히 사랑받고 있는 로봇 소설의 고전입니다. '로봇 3원칙'이 처음 정의된 소설이지요. 9편의 단편을 청소년도 읽기 쉽도록 구성하였습니다.

『로봇 시대, 인간의 일』, 구본권, 어크로스, 2015. #인문학 #인공지능 #인간다움

'4차 산업혁명' 시대를 살아가게 될 이들이 꼭 읽어야 할 책입니다. 인공지능과 로봇이 공존하는 미래사회에서 인간이 추구해야 할 인간다운 모습에 대해 이야기하고 있습니다.

『세븐테크』, 김미경 外, 웅진지식하우스, 2022. #미래일반 #과학 #변화

인공지능, 블록체인, 가상현실, 로봇, 사물인터넷, 클라우드 컴퓨팅, 메타버스와 같은 7가지 기술에 관한 전문가 8인의 통찰과 견해를 담은 책입니다.

④ 기타 매체

<공각기동대 : 고스트 인 더 쉘>, 루퍼트 샌더스, 2017 .#영화#SF#만화원작

이 영화는 일본 만화를 원작으로 하고, 인공지능 로봇과 인간의 신체를 결합해 삶을 연장하는 사이버 기술이 발전한 세계에서 벌어지는 이야기입니다. 이런 기술의 발달로 인간과 로봇 사이의 경계가 모호해지며, 이는 인간과 로봇의 관계와 그들 사이의 경계에 대해 새로운 의문을 제기합니다.

<그녀>, 스파이크 존즈, 2013. #영화 #AI #감정

주인공 테오도르는 AI 운영체 사만다를 사랑하게 됩니다. 실체가 없는 대상을 인간이 사랑하는 게 가능할까요. 미래사회 인간의 외로움과 객체와의 소통, 사랑이라는 감정에 대해 생각해보게 하는 영화입니다.

<한국 로봇 융합 연구원> #탐방 #로봇 #연구개발

경상북도 포항시에 위치한 국내 유일의 정부산하 로봇전문생산연구소입니다. 다양한 전문 직업 교육과 진로체험 프로그램을 운영하고 있습니다.
https://www.kiro.re.kr/

맺음말

열두 편의 동화를 사색(四色)의 빛깔로 사색(思索)하는 시간은 어떠 셨나요?

동화는 작은 거인들의 세계입니다. 동화 속 작은 거인들은 우리에게 특별한 모험과 성장으로 나아갈 힘을 줍니다. 봄이 오면 겨우내 얼어 붙었던 땅 위로 새싹을 틔워내듯, 동화가 우리의 마음속에 위안과 용 기, 사랑, 희망과 같은 긍정의 씨앗을 뿌려주었을 것입니다. '어제보다 나은 나'를 꿈꾸는 이들 모두가 동화라는 작은 거인이 내미는 손을 잡 고, 새로운 세상, 새로운 나를 발견할 수 있습니다. 이 책이 성장의 씨 앗을 품는 마중물이 되어주길 소망합니다.

주제에 맞게 고르느라 선정 과정에서 제외된 동화들이 정말 많았습 니다. 작은 거인들의 세계로 이제 막 조그마한 문을 열었을 뿐입니다. 동화의 세계로 향하는 어른이 많아지길 기대하며, 전 연령층을 아우르 는 소통의 세계를 향해 설레는 마음으로 한 걸음씩 나아가려 합니다. 이 책의 탄생을 위해 애써주신 윤신원 교수님, 이지엽 교수님, 곽효환 교수님, 박이정 출판사, 그리고 모든 동화 작가들에게 감사 인사를 전 합니다. 동화의 세계에서 만나게 될 모든 분들을 응원합니다.

저자 일동

어른을 위한 동화 에세이 동화 사색

초판 인쇄 2023년 12월 20일
초판 발행 2023년 12월 29일

지은이 김미진 김예원 박윤자 전지영
펴낸이 정봉선
편집장 권효진
편집 책봄

주소 서울특별시 종로구 난계로27길 15, 1415호
전화 031-795-1335(영업국) / **팩스** 02-925-1334
홈페이지 www.pijbook.com / **이메일** junginbook@naver.com
등록 제2022-000117호
ISBN 979-11-93363-07-2 (03810)
* 값 15,000원